Suhrkamp BasisBibliothek 44

Diese Ausgabe der »Suhrkamp BasisBibliothek – Arbeitstexte für Schule und Studium« bietet Gotthold Ephraim Lessings Drama *Emilia Galotti* nach dem Erstdruck von 1772; alle nachweislichen Korrekturen Lessings sind eingearbeitet. Ergänzt wird diese Edition von einem Kommentar, der alle für das Verständnis des Textes erforderlichen Informationen und Materialien enthält und den dialogischen Charakter der Texte Lessings unterstreicht: die Entstehungsgeschichte, Dokumente zur zeitgenössischen Wirkung, einen Überblick über die verschiedenen Deutungsansätze, Literaturhinweise sowie Wort- und Sacherläuterungen. Der Kommentar trägt v.a. der Tatsache Rechnung, dass Lessing wie kaum ein zweiter Autor des 18. Jahrhunderts ständig zwischen den Gattungen hin- und hergewechselt ist.

Axel Schmitt, Lehrbeauftragter für Neuere deutsche Literatur und Klassische Philologie an der Universität Marburg. Mitherausgeber der Lessing-Ausgabe im Deutschen Klassiker Verlag, Herausgeber von Lessings *Emilia Galotti* (SBB 44), *Miß Sara Sampson* (SBB 52), Kleists *Der zerbrochene Krug* (SBB 66), *Penthesilea* (SBB 72) und *Das Käthchen von Heilbronn* (SBB 98) sowie Goethes *Iphigenie auf Tauris* (SBB 103). Publikationen u.a. zu Grimmelshausen, Lessing, Lenz, Kleist, Hebbel, Kafka, Canetti, Celan, Benjamin, Scholem, Derrida, Foucault, Baudrillard, Blanchot, Antikerezeption in der deutschen Literatur, deutsch-jüdische Literaturgeschichte und Literatur nach der Shoah.

Gotthold Ephraim Lessing
Emilia Galotti

Ein Trauerspiel

in fünf Aufzügen

Mit einem Kommentar
von Axel Schmitt

Suhrkamp

Der vorliegende Text folgt der Ausgabe:
Gotthold Ephraim Lessing.
Werke und Briefe.
Bd. 7: *Emilia Galotti. Über das Epigramm. Zur Geschichte und Literatur I/II.*
Werke 1770–1773.
Herausgegeben von Klaus Bohnen, S. 291–371.
Frankfurt am Main: Deutscher Klassiker Verlag 2000.

Originalausgabe
Suhrkamp BasisBibliothek 44
7. Auflage 2012
Erstmals veröffentlicht in der Suhrkamp BasisBibliothek 2004

Satz: pagina GmbH, Tübingen
Druck: CPI – Ebner & Spiegel, Ulm
Umschlaggestaltung: Hermann Michels und Regina Göllner
Foto: Archiv für Kunst und Geschichte, Berlin
Printed in Germany

ISBN 978-3-518-18844-6

Inhalt

S. 91 Z. 35 f.f.

S. 170

- schon mal passiert

S. 161 (zu S. 8, Z. 31)

S. 170 (zu S. 91, Z. 30-34)

Emilia Galotti.

Ein Trauerspiel
in fünf Aufzügen.

⌜Personen⌝.

Emilia Galotti.

Odoardo und *Claudia* } *Galotti.* Eltern der Emilia.

Hettore Gonzaga. ⌜Prinz⌝ von Guastalla.

Marinelli. Kammerherr des Prinzen.

Camillo Rota. Einer von des Prinzen Räten.

Conti. Maler.

Graf *Appiani.*

Gräfin *Orsina.*

Angelo, und einige Bediente.

Erster Aufzug.

Die ⌜Scene⌝, ein Kabinett des Prinzen.

Erster Auftritt.

DER PRINZ *an einem Arbeitstische, voller Briefschaften und Papiere, deren einige er durchläuft**: Klagen, nichts als Klagen! Bittschriften, nichts als Bittschriften! – Die traurigen Geschäfte; und man beneidet uns noch! – Das glaub' ich; wenn wir allen helfen könnten: dann wären wir zu beneiden. – Emilia? *indem er noch eine von den Bittschriften aufschlägt, und nach dem unterschriebenen Namen sieht:* Eine Emilia? – Aber eine Emilia Bruneschi – nicht Galotti. Nicht Emilia Galotti! – Was will sie, diese Emilia Bruneschi? *er lieset**: Viel gefodert*; sehr viel. – Doch sie heißt Emilia. Gewährt! *er unterschreibt und klingelt; worauf ein Kammerdiener hereintritt:* Es ist wohl noch keiner von den ⌜Räten⌝ in dem Vorzimmer?

überfliegt

liest

gefordert

DER KAMMERDIENER Nein.

DER PRINZ Ich habe zu früh Tag gemacht. – Der Morgen ist so schön. Ich will ausfahren. ⌜Marchese⌝ Marinelli soll mich begleiten. Laßt ihn rufen. *der Kammerdiener geht ab* – Ich kann doch nicht mehr arbeiten. – Ich war so ruhig, bild' ich mir ein, so ruhig – Auf einmal muß eine arme Bruneschi, Emilia heißen: – weg ist meine Ruhe, und alles! –

DER KAMMERD. *welcher wieder herein tritt:* Nach dem Marchese ist geschickt*. Und hier, ein Brief von der Gräfin Orsina.

Man hat den Marchese rufen lassen.

DER PRINZ Der Orsina? Legt ihn hin.

DER KAMMERD. Ihr Läufer* wartet.

Laufender Bote, Überbringer des Briefs

DER PRINZ Ich will die Antwort senden; wenn es einer bedarf. – Wo ist sie? In der Stadt? oder auf ihrer Villa*?

Bis ins 19. Jh.: herrschaftl. Landhaus

DER KAMMERD. Sie ist gestern in die Stadt gekommen.

DER PRINZ Desto schlimmer – besser; wollt' ich sagen. So braucht der Läufer um so weniger zu warten. *der Kammerdiener geht ab* Meine teure Gräfin! *bitter, indem er den Brief in die Hand nimmt:* So gut, als* gelesen! *und ihn wieder wegwirft:* – Nun ja; ich habe sie zu lieben geglaubt! Was glaubt man nicht alles? Kann sein, ich habe sie auch wirklich geliebt. Aber – ich habe!

Im 18. Jh. synonym zu ›wie‹

DER KAMMERD. *der nochmals herein tritt:* Der Maler Conti will die Gnade haben – –

DER PRINZ Conti? Recht wohl; laßt ihn herein kommen. – Das wird mir andere Gedanken in den Kopf bringen. – *steht auf*

Zweiter Auftritt.

Conti. Der Prinz.

DER PRINZ Guten Morgen, Conti. Wie leben Sie? Was macht die Kunst?

CONTI Prinz, ⌜die Kunst geht nach Brot⌝.

DER PRINZ Das muß sie nicht; das soll sie nicht, – in meinem kleinen Gebiete gewiß nicht. – Aber der Künstler muß auch arbeiten wollen.

CONTI Arbeiten? Das ist seine Lust. Nur zu viel arbeiten müssen, kann ihn um den Namen Künstler bringen.

DER PRINZ Ich meine ⌜nicht vieles; sondern viel⌝: ein Weniges; aber mit Fleiß. – Sie kommen doch nicht leer*, Conti?

mit leeren Händen

CONTI Ich bringe das Porträt*, welches Sie mir befohlen* haben, gnädiger Herr. Und bringe noch eines, welches Sie mir nicht befohlen: aber weil es gesehen zu werden verdient –

Gemälde eines Menschen

Hier: in Auftrag gegeben

DER PRINZ Jenes ist? – Kann ich mich doch kaum erinnern –

CONTI Die Gräfin Orsina.

DER PRINZ Wahr! – Der Auftrag ist nur ein wenig von lange her*.

vor langer Zeit erteilt

CONTI Unsere schönen Damen sind nicht alle Tage zum malen*. Die Gräfin hat, seit drei Monaten, gerade Einmal sich entschließen können, zu sitzen.

nicht immer bereit, Modell zu sitzen

DER PRINZ Wo sind die Stücke*?

Hier: Gemälde

CONTI In dem Vorzimmer: ich hole sie.

Dritter Auftritt.

Der Prinz.

Ihr Bild! – mag*! – Ihr Bild, ist sie doch nicht selber. – Und vielleicht find' ich in dem Bilde wieder, was ich in der Person nicht mehr erblicke. – Ich will es aber nicht wiederfinden. – Der beschwerliche* Maler! Ich glaube gar, sie hat ihn bestochen. – Wär' es auch! Wenn ihr ein anderes Bild, das mit andern Farben, auf einen andern Grund* gemalet ist, – in meinem Herzen wieder Platz machen will: – Wahrlich, ich glaube, ich wär' es zufrieden. Als ich dort liebte, war ich immer so leicht, so fröhlich, so ausgelassen. – ⌜Nun bin ich von allem das Gegenteil.⌝ – Doch nein; nein, nein! Behäglicher*, oder nicht behäglicher: ich bin so besser.

(ugs.) Nun gut! Es sei!

lästige

Grundierung, erste Farbschicht

Zufriedener

Vierter Auftritt.

Der Prinz. Conti, mit den Gemälden, wovon er das eine verwandt gegen einen Stuhl lehnet.*

umgedreht

CONTI *indem er das andere zurecht stellet:* ⌜Ich bitte, Prinz, daß Sie die Schranken* unserer Kunst erwägen wollen. Vieles von dem Anzüglichsten* der Schönheit, liegt ganz außer den Grenzen derselben.⌝ – Treten Sie so! –

Grenzen

Eindrücklichsten

DER PRINZ *nach einer kurzen Betrachtung:* ⌜Vortrefflich,

Conti; – ganz vortrefflich! – Das gilt Ihrer Kunst, Ihrem Pinsel.⌝ – Aber geschmeichelt, Conti; ganz unendlich geschmeichelt!

Hier: Orsina

CONTI Das Original* schien dieser Meinung nicht zu sein. ⌜Auch ist es in der Tat nicht mehr geschmeichelt, als die Kunst schmeicheln muß.⌝ Die Kunst muß malen, wie sich ⌜die plastische Natur⌝, – wenn es eine giebt – das Bild dachte: ohne den Abfall*, welchen der widerstrebende Stoff unvermeidlich macht; ohne das Verderb*, mit welchem die Zeit dagegen an kämpfet.

Hier: Einschränkung

Verderben

noch einmal

DER PRINZ Der ⌜denkende Künstler⌝ ist noch eins* so viel wert. – Aber das Original, sagen Sie, fand dem ungeachtet* –

dennoch

CONTI Verzeihen Sie, Prinz. Das Original ist eine Person, die meine Ehrerbietung fodert. Ich habe nichts nachteiliges von ihr äußern wollen.

DER PRINZ So viel als Ihnen beliebt! – Und was sagte das Original?

CONTI Ich bin zufrieden, sagte die Gräfin, wenn ich nicht häßlicher aussehe.

DER PRINZ Nicht häßlicher? – O das wahre Original!

CONTI Und mit einer Miene sagte sie das, – von der freilich dieses ihr Bild keine Spur, keinen Verdacht* zeiget.

Anzeichen

DER PRINZ Das meint' ich ja; das ist es eben, worin ich die unendliche Schmeichelei finde. – O! ich kenne sie, jene stolze höhnische Miene, die auch das Gesicht einer ⌜Grazie⌝* entstellen würde! – Ich leugne nicht, daß ein schöner Mund, der sich ein wenig spöttisch verziehet, nicht selten um so viel schöner ist. Aber, wohl gemerkt, ein wenig: die Verziehung muß nicht bis zur ⌜Grimasse⌝ gehen, wie bei dieser Gräfin. Und Augen müssen über ⌜den wollüstigen Spötter⌝ die Aufsicht führen, – Augen, wie sie die gute Gräfin nun gerade gar nicht hat. Auch nicht einmal hier im Bilde hat.

Anmutigen

CONTI Gnädiger Herr, ich bin äußerst betroffen –

DER PRINZ Und worüber? Alles, was die Kunst aus den großen, hervorragenden*, stieren, starren ⌜Medusenaugen⌝ der Gräfin gutes machen kann, das haben Sie, Conti, redlich* daraus gemacht. – Redlich, sag' ich? – Nicht so redlich, wäre redlicher. ⌜Denn sagen Sie selbst, Conti, läßt sich aus diesem Bilde wohl der Charakter der Person schließen? Und das sollte doch. Stolz haben Sie in Würde, Hohn in Lächeln, Ansatz zu ⌜trübsinniger Schwärmerei⌝ in sanfte Schwermut verwandelt.⌝

hervorstehenden

tüchtig und angemessen

CONTI *etwas ärgerlich:* Ah, mein Prinz, – wir Maler rechnen darauf, daß das fertige Bild den Liebhaber noch eben so warm findet, als warm er es bestellte. Wir malen mit Augen der Liebe: und Augen der Liebe müßten uns auch nur beurteilen.

DER PRINZ Ja nun, Conti; – warum kamen Sie nicht einen Monat früher damit? – Setzen Sie weg. – Was ist das andere Stück?

CONTI *indem er es holt, und noch verkehrt in der Hand hält:* Auch ein weibliches Porträt.

DER PRINZ So möcht' ich es bald* – lieber gar nicht sehen. Denn dem Ideal hier, *mit dem Finger auf die Stirne* – oder vielmehr hier, *mit dem Finger auf das Herz:* kömmt es doch nicht bei*. – Ich wünschte, Conti, Ihre Kunst in andern Vorwürfen* zu bewundern.

fast, beinahe

entspricht es doch nicht

Gegenständen, Sujets

CONTI Eine bewundernswürdigere Kunst giebt es; aber sicherlich keinen bewundernswürdigern Gegenstand, als diesen.

DER PRINZ So wett' ich, Conti, daß es des Künstlers ⌜eigene Gebieterin⌝ ist. – *indem der Maler das Bild umwendet:* Was seh' ich? Ihr Werk, Conti? oder das Werk meiner Phantasie? – ⌜Emilia Galotti!⌝

CONTI Wie, mein Prinz? Sie kennen diesen Engel?

DER PRINZ *indem er sich zu fassen sucht, aber ohne ein Auge von dem Bilde zu verwenden*:* So halb! – um sie eben wieder zu kennen. – Es ist einige Wochen her, als

abzuwenden

ich sie mit ihrer Mutter in einer Vegghia* traf. – Nachher ist sie mir nur an heiligen Stätten wieder vorgekommen*, – wo das Angaffen sich weniger ziemet*. – Auch kenn' ich ihren Vater. Er ist mein Freund nicht. Er war es, der sich meinen ⌜Ansprüchen auf Sabionetta⌝ am meisten widersetzte. – ⌜Ein alter Degen⌝; stolz und rauh; sonst bieder* und gut! –

(ital.) Abendgesellschaft
begegnet
gehört
rechtschaffen, tapfer

CONTI Der Vater! Aber hier haben wir seine Tochter. –

DER PRINZ Bei Gott! wie aus dem Spiegel gestohlen! *noch immer die Augen auf das Bild geheftet:* ⌜O, Sie wissen es ja wohl, Conti, daß man den Künstler dann erst recht lobt, wenn man über sein Werk sein Lob vergißt.⌝

CONTI Gleichwohl hat mich dieses noch sehr unzufrieden mit mir gelassen. – Und doch bin ich wiederum sehr zufrieden mit meiner Unzufriedenheit mit mir selbst. – ⌜Ha! daß wir nicht unmittelbar mit den Augen malen! Auf dem langen Wege, aus dem Auge durch den Arm in den Pinsel, wie viel geht da verloren! – Aber, wie ich sage, daß ich es weiß, was hier verloren gegangen, und wie es verloren gegangen, und warum es verloren gehen müssen: darauf bin ich eben so stolz, und stolzer, als ich auf alles das bin, was ich nicht verloren gehen lassen. Denn aus jenem erkenne ich, mehr als aus diesem, daß ich wirklich ein großer Maler bin; daß es aber meine Hand nur nicht immer ist. – Oder meinen Sie, Prinz, daß ⌜Raphael⌝ nicht das größte malerische Genie gewesen wäre, wenn er unglücklicher Weise ohne Hände wäre geboren worden?⌝ Meinen Sie, Prinz?

DER PRINZ *indem er nur eben von dem Bilde wegblickt:* Was sagen Sie, Conti? Was wollen Sie wissen?

CONTI O nichts, nichts! – Plauderei! Ihre Seele, merk' ich, war ganz in Ihren Augen. Ich liebe solche Seelen, und solche Augen.

angenommenen, gespielten

DER PRINZ *mit einer erzwungenen* Kälte:* Also, Conti, rechnen Sie doch wirklich Emilia Galotti mit zu den vorzüglichsten Schönheiten unserer Stadt?

CONTI Also? mit? mit zu den vorzüglichsten? und den vorzüglichsten unserer Stadt? – Sie spotten meiner, Prinz. Oder Sie sahen, die ganze Zeit, eben so wenig, als Sie hörten.

DER PRINZ Lieber Conti, – *die Augen wieder auf das Bild gerichtet:* wie darf unser einer seinen Augen trauen? Eigentlich weiß doch nur allein ein Maler von der Schönheit zu urteilen.

CONTI Und eines jeden Empfindung sollte erst auf den Ausspruch eines Malers warten? – Ins Kloster mit dem, der es von uns lernen will, was schön ist! Aber das muß ich Ihnen doch als Maler sagen, mein Prinz: eine von den größten Glückseligkeiten meines Lebens ist es, daß Emilia Galotti mir gesessen. Dieser Kopf, dieses Antlitz, diese Stirn, diese Augen, diese Nase, dieser Mund, dieses Kinn, dieser Hals, diese Brust, dieser Wuchs, dieser ganze Bau, sind, von der Zeit an, mein einziges Studium der weiblichen Schönheit. – Die Schilderei* selbst, wovor sie gesessen*, hat ihr abwesender Vater bekommen. Aber diese Kopie –

(fertiges) Gemälde

bei der sie Modell gesessen hat

DER PRINZ *der sich schnell gegen ihn kehret:* Nun, Conti? ist doch nicht schon versagt*?

vergeben

CONTI Ist für Sie, Prinz; wenn Sie Geschmack daran finden.

DER PRINZ Geschmack! – *lächelnd:* Dieses Ihr Studium der weiblichen Schönheit, Conti, wie könnt' ich besser tun, als es auch zu dem meinigen zu machen? – Dort, jenes Porträt nehmen Sie nur wieder mit, – einen Rahmen darum zu bestellen.

CONTI Wohl!

DER PRINZ So schön, so reich, als ihn der Schnitzer nur machen kann. Es soll in der ⌜Gallerie⌝ aufgestellet werden. – Aber dieses bleibt hier. Mit einem ⌜Studio⌝ macht man so viel Umstände nicht: auch läßt man das nicht aufhängen; sondern hat es gern bei der Hand. – Ich danke Ihnen, Conti; ich danke Ihnen recht sehr. – Und wie gesagt: in meinem Gebiete soll die Kunst nicht nach Brot gehen; – bis ich selbst keines habe. – Schicken Sie, Conti, zu meinem Schatzmeister*, und lassen Sie, auf Ihre Quittung, für beide Porträte sich bezahlen, – was Sie wollen. So viel Sie wollen, Conti.

Vermögensverwalter

CONTI Sollte ich doch nun bald fürchten, Prinz, daß Sie so, noch etwas anders belohnen wollen, als die Kunst.

DER PRINZ O des eifersüchtigen Künstlers*! Nicht doch! – Hören Sie, Conti; so viel Sie wollen. *Conti geht ab.*

O der eifersüchtige Künstler!

Fünfter Auftritt.

Der Prinz.

So viel er will! – *gegen das Bild:* Dich hab' ich für jeden Preis noch zu wohlfeil*. – Ah! schönes Werk der Kunst, ist es wahr, daß ich dich besitze? – Wer dich auch besäße, schönres Meisterstück der Natur! – Was Sie dafür wollen, ehrliche Mutter! Was du willst, alter Murrkopf! Fodre nur! Fodert nur! – Am liebsten kauft' ich dich, Zauberin, von dir selbst! – Dieses Auge voll Liebreiz und Bescheidenheit! ⌜Dieser Mund!⌝ und wenn er sich zum reden öffnet! wenn er lächelt! Dieser Mund! – Ich höre kommen. – Noch bin ich mit dir zu neidisch*. *indem er das Bild gegen die Wand drehet:* Es wird Marinelli sein. Hätt' ich ihn doch nicht rufen lassen! Was für einen Morgen könnt' ich haben!

billig

Noch will ich dich mit niemandem teilen.

Sechster Auftritt.

Marinelli. Der Prinz.

MARINELLI Gnädiger Herr, Sie werden verzeihen. – Ich war mir eines so frühen Befehls nicht gewärtig*.

DER PRINZ Ich bekam Lust, auszufahren. Der Morgen war

gewärtig sein: erwarten

so schön. – Aber nun ist er ja wohl verstrichen; und die Lust ist mir vergangen. – *nach einem kurzen Stillschweigen:* Was haben wir Neues, Marinelli?

MARINELLI Nichts von Belang, das ich wüßte. – Die Gräfin Orsina ist gestern zur Stadt gekommen.

DER PRINZ Hier liegt auch schon ihr guter Morgen, *auf ihren Brief zeigend:* oder was es sonst sein mag! Ich bin gar nicht neugierig darauf. – Sie haben sie gesprochen?

MARINELLI Bin ich, leider, nicht ihr Vertrauter? – Aber, wenn ich es wieder von einer Dame werde, der es einkömmt*, Sie in gutem Ernste* zu lieben, Prinz: so – –

einfällt

ernsthaft, aufrichtig

DER PRINZ Nichts verschworen*, Marinelli!

schwören

MARINELLI Ja? In der Tat, Prinz? Könnt' es doch kommen? – O! so mag die Gräfin auch so Unrecht nicht haben.

DER PRINZ Allerdings, sehr Unrecht! – Meine nahe Vermählung mit der ⌜Prinzessin von Massa⌝, will durchaus, daß ich alle dergleichen Händel* fürs erste abbreche.

Hier: (Liebes-) Affären

MARINELLI Wenn es nur das wäre: so müßte freilich Orsina sich in ihr Schicksal eben so wohl zu finden wissen, als der Prinz in seines.

DER PRINZ Das unstreitig härter ist, als ihres. Mein Herz wird das ⌜Opfer eines elenden Staatsinteresse⌝. Ihres darf* sie nur zurücknehmen: aber nicht wider Willen verschenken.

braucht, kann

MARINELLI Zurücknehmen? Warum zurücknehmen? fragt die Gräfin: wenn es weiter nichts, als eine Gemahlin ist, die dem Prinzen nicht die Liebe, sondern die Politik zuführet? ⌜Neben so einer Gemahlin⌝ sieht die Geliebte noch immer ihren Platz. Nicht so einer Gemahlin fürchtet sie aufgeopfert zu sein, sondern – –

DER PRINZ Einer neuen Geliebten. – Nun denn? Wollten Sie mir daraus ein Verbrechen machen, Marinelli?

MARINELLI Ich? – O! vermengen* Sie mich ja nicht, mein Prinz, mit der Närrin, deren Wort ich führe, – aus Mit-

vermischen, verwechseln

leid führe. Denn gestern, wahrlich, hat sie mich sonderbar gerühret. Sie wollte von ihrer Angelegenheit mit Ihnen gar nicht sprechen. Sie wollte sich ganz gelassen und kalt stellen. Aber mitten in dem gleichgültigsten Gespräche, entfuhr ihr eine Wendung, eine Beziehung* über die andere, die ihr gefoltertes Herz verriet. Mit dem lustigsten Wesen sagte sie die melancholischsten Dinge: und wiederum die ⌜lächerlichsten Possen mit der allertraurigsten Miene⌝. Sie hat ⌜zu den Büchern⌝ ihre Zuflucht genommen; und ich fürchte, die werden ihr den Rest geben.

Bemerkung, Andeutung

DER PRINZ So wie sie ihrem ⌜armen Verstande⌝ auch den ersten Stoß gegeben. – Aber was mich vornehmlich mit von ihr entfernt hat, das wollen Sie doch nicht brauchen, Marinelli, mich wieder zu ihr zurück zu bringen? – Wenn sie aus Liebe närrisch wird, so wäre sie es, früher oder später, auch ohne Liebe geworden – Und nun, genug von ihr. – Von etwas andern*! – Geht denn gar nichts vor, in der Stadt? –

Sächs. Dativ: Von etwas anderem!

MARINELLI So gut, wie gar nichts. – Denn daß die Verbindung* des Grafen Appiani heute vollzogen wird, – ist nicht viel mehr, als gar nichts.

Heirat

DER PRINZ Des Grafen Appiani? und mit wem denn? – Ich soll ja noch hören, daß er versprochen* ist.

verlobt

MARINELLI Die Sache ist sehr geheim gehalten worden. Auch war nicht viel Aufhebens davon zu machen. – Sie werden lachen, Prinz. – Aber so geht es den Empfindsamen! Die Liebe spielet ihnen immer die schlimmsten Streiche. Ein Mädchen ohne Vermögen und ohne Rang*, hat ihn in ihre Schlinge zu ziehen gewußt, – mit ein wenig ⌜Larve⌝: aber mit vielem Prunke von Tugend und Gefühl und Witz*, – und was weiß ich?

ohne Stellung in der Adelshierarchie

Hier: Scharfsinn

DER PRINZ Wer sich den Eindrücken, die Unschuld und Schönheit auf ihn machen, ohne weitere Rücksicht, so ganz überlassen darf; – ich dächte, der wäre eher zu beneiden, als zu belachen. – Und wie heißt denn die Glückliche? – Denn bei alle dem ist Appiani – ich weiß wohl, daß Sie, Marinelli, ihn nicht leiden können; eben so wenig als er Sie – bei alle dem ist er doch ein sehr würdiger* junger Mann, ein schöner Mann, ein reicher Mann, ein Mann voller Ehre*. Ich hätte sehr gewünscht, ihn mir verbinden* zu können. Ich werde noch darauf denken*.

MARINELLI Wenn es nicht zu spät ist. – Denn so viel ich höre, ist sein Plan gar nicht, bei Hofe sein Glück zu machen. – Er will mit seiner Gebieterin nach seinen ⌜Tälern von Piemont⌝: – Gemsen zu jagen, auf den Alpen; und Murmeltiere abzurichten. – Was kann er besseres tun? Hier ist es durch das ⌜Mißbündnis⌝, welches er trifft, mit ihm doch aus. Der Zirkel der ersten Häuser* ist ihm von nun an verschlossen – –

DER PRINZ Mit euren ersten Häusern! – in welchen das ⌜Ceremoniel⌝, der Zwang, die Langeweile, und nicht selten die Dürftigkeit herrschet. – Aber so nennen Sie mir sie doch, der er dieses so große Opfer bringt.

MARINELLI Es ist eine gewisse Emilia Galotti.

DER PRINZ Wie, Marinelli? eine gewisse –

MARINELLI Emilia Galotti.

DER PRINZ Emilia Galotti? – Nimmermehr!

MARINELLI Zuverlässig*, gnädiger Herr.

DER PRINZ Nein, sag ich; das ist nicht, das kann nicht sein. – Sie irren sich in dem Namen. – Das Geschlecht der Galotti ist groß. – Eine Galotti kann es sein: aber nicht Emilia Galotti; nicht Emilia!

MARINELLI Emilia – Emilia Galotti!

DER PRINZ So giebt es noch eine, die beide Namen führt. – Sie sagten ohnedem, eine gewisse Emilia Galotti – eine gewisse. Von der rechten könnte nur ein Narr so sprechen –

MARINELLI Sie sind außer sich, gnädiger Herr. – Kennen Sie denn diese Emilia?

angesehener, schätzenswerter Adliger

verpflichten

es überdenken

Kreis der einflussreichsten Familien

Gewiss

DER PRINZ Ich habe zu fragen, Marinelli, nicht Er*. – Emilia Galotti? Die Tochter des Obersten Galotti, bei Sabionetta?

[Förml. Anrede, die hierarch. Verhältnisse unterstreichend]

MARINELLI Eben die.

DER PRINZ Die hier in ⌜Guastalla⌝ mit ihrer Mutter wohnet?

MARINELLI Eben die.

DER PRINZ Unfern der Kirche Allerheiligen?

MARINELLI Eben die.

DER PRINZ Mit einem Worte – *indem er nach dem Porträte springt und es dem Marinelli in die Hand giebt:* Da! – Diese? Diese Emilia Galotti? – Sprich dein verdammtes »Eben die« noch einmal, und stoß mir den Dolch ins Herz!

MARINELLI Eben die.

DER PRINZ Henker! – Diese? – Diese Emilia Galotti wird heute – –

MARINELLI Gräfin Appiani! – *hier reißt der Prinz dem Marinelli das Bild wieder aus der Hand, und wirft es bei Seite:* Die Trauung geschieht in der Stille, auf dem Landgute des Vaters bei Sabionetta. Gegen Mittag fahren Mutter und Tochter, der Graf und vielleicht ein paar Freunde dahin ab.

DER PRINZ *der sich voll Verzweiflung in einen Stuhl wirft:* So bin ich verloren! – So will ich nicht leben!

MARINELLI Aber was ist Ihnen, gnädiger Herr?

DER PRINZ *der gegen ihn wieder aufspringt:* Verräter! – was mir ist? – Nun ja ich liebe sie; ich bete sie an. Mögt ihr es doch wissen! mögt ihr es doch längst gewußt haben, alle ihr, denen ich der tollen* Orsina schimpfliche Fesseln lieber ewig tragen sollte! – Nur daß Sie, Marinelli, der Sie so oft mich Ihrer innigsten Freundschaft versicherten – ⌜O ein Fürst hat keinen Freund! kann keinen Freund haben!⌝ – daß Sie, Sie, so treulos, so hämisch* mir bis auf diesen Augenblick die Gefahr ver-

[tollen: verrückten]

[hämisch: hinterhältig]

höhlen* dürfen, die meiner Liebe drohte: wenn ich Ihnen jemals das vergebe, – so werde mir meiner Sünden keine vergeben!

verbergen

MARINELLI Ich weiß kaum Worte zu finden, Prinz, – wenn Sie mich auch dazu kommen ließen – Ihnen mein Erstaunen zu bezeigen. – Sie lieben Emilia Galotti? – Schwur dann gegen Schwur: Wenn ich von dieser Liebe das geringste gewußt, das geringste vermutet habe; so möge weder Engel noch Heiliger von mir wissen! – Eben das wollt' ich in die Seele* der Orsina schwören. Ihr Verdacht schweift auf einer ganz andern Fährte*.

bei der Seele

verfolgt eine andere Spur

DER PRINZ So verzeihen Sie mir, Marinelli; – *indem er sich ihm in die Arme wirft:* und betauren* Sie mich.

bedauern

MARINELLI Nun da, Prinz! Erkennen Sie da die Frucht Ihrer Zurückhaltung! – »Fürsten haben keinen Freund! können keinen Freund haben!« – Und die Ursache, wenn dem so ist? – Weil sie keinen haben wollen. – Heute beehren sie uns mit ihrem Vertrauen, teilen uns ihre geheimsten Wünsche mit, schließen uns ihre ganze Seele auf: und morgen sind wir ihnen wieder so fremd, als hätten sie nie ein Wort mit uns gewechselt.

DER PRINZ Ach! Marinelli, wie konnt' ich Ihnen vertrauen*, was ich mir selbst kaum gestehen wollte?

Hier: anvertrauen

MARINELLI Und also wohl noch weniger der Urheberin Ihrer Qual gestanden haben?

DER PRINZ Ihr? – Alle meine Mühe ist vergebens gewesen, sie ein zweitesmal zu sprechen. –

MARINELLI Und das erstemal –

DER PRINZ Sprach ich sie – O, ich komme von Sinnen! Und ich soll Ihnen noch lange erzählen? – Sie sehen mich einen ⌜Raub der Wellen⌝: was fragen Sie viel, wie ich es geworden? Retten Sie mich, wenn Sie können: und fragen Sie dann.

MARINELLI Retten? ist da viel zu retten? – Was Sie versäumt haben, gnädiger Herr, der Emilia Galotti zu bekennen, das bekennen Sie nun der Gräfin Appiani. Waren, die man aus der ersten Hand nicht haben kann, kauft man aus der zweiten: – und solche Waren nicht selten aus der zweiten um so viel wohlfeiler.

DER PRINZ Ernsthaft, Marinelli, ernsthaft, oder –

MARINELLI Freilich, auch um so viel schlechter – –

DER PRINZ Sie werden unverschämt!

MARINELLI Und dazu will der Graf damit aus dem Lande. – Ja, so müßte man auf* etwas anders denken. –

Hier: an

DER PRINZ Und auf was? – Liebster, bester Marinelli, denken Sie für mich. Was würden Sie tun, wenn Sie an meiner Stelle wären?

MARINELLI Vor allen Dingen, eine Kleinigkeit als eine Kleinigkeit ansehen; – und mir sagen, daß ich nicht vergebens sein wolle, was ich bin – Herr!

DER PRINZ Schmeicheln Sie mir nicht mit einer Gewalt, von der ich hier keinen Gebrauch absehe*. – Heute sagen Sie? schon heute?

erkenne

MARINELLI Erst heute – soll es geschehen. Und nur geschehenen Dingen ist nicht zu raten*. – *nach einer kurzen Überlegung:* Wollen Sie mir freie Hand lassen, Prinz? Wollen Sie alles genehmigen, was ich tue?

nicht abzuhelfen

DER PRINZ Alles, Marinelli, alles, was diesen Streich* abwenden kann.

Hier: Schicksalsschlag

MARINELLI So lassen Sie uns keine Zeit verlieren. – Aber bleiben Sie nicht in der Stadt. Fahren Sie sogleich nach Ihrem ⌜Lustschlosse⌝, nach ⌜Dosalo⌝. Der Weg nach Sabionetta geht da vorbei. Wenn es mir nicht gelingt, den Grafen augenblicklich zu entfernen: so denk' ich – Doch, doch; ich glaube, er geht in diese Falle gewiß. Sie wollen ja, Prinz, wegen Ihrer Vermählung einen Gesandten nach Massa schicken? Lassen Sie den Grafen dieser Gesandte sein; mit dem Bedinge*, daß er noch heute abreiset. – Verstehen Sie?

unter der Bedingung

DER PRINZ Vortrefflich! – Bringen Sie ihn zu mir heraus.

Gehen Sie, eilen Sie. Ich werfe mich sogleich in den Wagen. *Marinelli geht ab.*

Siebenter Auftritt.

Der Prinz.

Sogleich! sogleich! – Wo blieb es? – *sich nach dem Porträte umsehend:* Auf der Erde? das war zu arg! *indem er es aufhebt:* Doch betrachten? betrachten mag ich dich fürs erste nicht mehr. – Warum sollt' ich mir den Pfeil* noch tiefer in die Wunde drücken? *setzt es bei Seite* – Geschmachtet*, geseufzet hab' ich lange genung, – länger als ich gesollt hätte: aber nichts getan! und über die zärtliche* Untätigkeit bei einem Haar'* alles verloren! – Und wenn nun doch alles verloren wäre? Wenn Marinelli nichts ausrichtete? – Warum will ich mich auch auf ihn allein verlassen? Es fällt mir ein, – um diese Stunde, *nach der Uhr sehend:* um diese nemliche* Stunde pflegt das fromme Mädchen alle Morgen ⌜bei den Dominikanern⌝ die Messe zu hören. – Wie wenn ich sie da zu sprechen suchte? – Doch heute, heut' an ihrem Hochzeittage, – heute werden ihr andere Dinge am Herzen liegen, als die Messe. – Indes, wer weiß? – Es ist ein Gang. – *er klingelt, und indem er einige von den Papieren auf dem Tische hastig zusammen rafft, tritt der Kammerdiener herein:* Laßt vorfahren! – Ist noch keiner von den Räten da?

Anspielung auf den Pfeil des Liebesgottes Amor

Gesehnt

weichliche

um ein Haar, beinahe

Hier: jetzige

DER KAMMERD. Camillo Rota.

DER PRINZ Er soll herein kommen. *der Kammerdiener geht ab* Nur aufhalten muß er mich nicht wollen. Dasmal* nicht! – Ich stehe gern seinen Bedenklichkeiten* ein andermal um so viel länger zu Diensten. – Da war ja noch die Bittschrift einer Emilia Bruneschi – *sie suchend:* Die ists. – Aber, gute Bruneschi, wo deine Vorsprecherin* – –

Diesmal, jetzt

Überlegungen

Fürsprecherin

Achter Auftritt.

Camillo Rota, Schriften in der Hand. Der Prinz.

DER PRINZ Kommen Sie, Rota, kommen Sie. – Hier ist, was ich diesen Morgen erbrochen*. Nicht viel Tröstliches! – Sie werden von selbst sehen, was darauf zu verfügen*. – Nehmen Sie nur.

[geöffnet (den Siegellack der Papiere)]
[darauf hin anzuordnen]

CAMILLO ROTA Gut, gnädiger Herr.

DER PRINZ Noch ist hier eine Bittschrift einer Emilia Galot – – Bruneschi will ich sagen. – Ich habe meine Bewilligung zwar schon beigeschrieben. Aber doch – die Sache ist keine Kleinigkeit – Lassen Sie die Ausfertigung noch anstehen*. – Oder auch nicht anstehen: wie Sie wollen.

[aufschieben]

CAMILLO ROTA Nicht wie ich will, gnädiger Herr.

DER PRINZ Was ist sonst? Etwas zu unterschreiben?

CAMILLO ROTA Ein Todesurteil wäre zu unterschreiben.

DER PRINZ Recht gern. – Nur her! geschwind.

CAMILLO ROTA *stutzig und den Prinzen starr ansehend:* Ein Todesurteil, sagt' ich.

DER PRINZ Ich höre ja wohl. – Es könnte schon geschehen sein. Ich bin eilig.

CAMILLO ROTA *seine Schriften nachsehend:* Nun hab' ich es doch wohl nicht mitgenommen! – – Verzeihen Sie, gnädiger Herr. – Es kann Anstand* damit haben bis morgen.

[Aufschub]

DER PRINZ Auch das! – Packen Sie nur zusammen: ich muß fort – Morgen, Rota, ein Mehres*! *geht ab.*

[ein Weiteres]

CAMILLO ROTA *den Kopf schüttelnd, indem er die Papiere zu sich nimmt und abgeht:* Recht gern? – Ein Todesurteil recht gern? – Ich hätt' es ihn in diesem Augenblicke nicht mögen unterschreiben lassen, und wenn es den Mörder meines einzigen Sohnes betroffen hätte. – Recht gern! recht gern! – Es geht mir durch die Seele dieses gräßliche Recht gern!

Zweiter Aufzug.

Die Scene, ein Saal in dem Hause der Galotti.*

Hier: Vorraum

Erster Auftritt.

Claudia Galotti. Pirro.

CLAUDIA *im Heraustreten zu Pirro, der von der andern Seite hereintritt:* Wer sprengte* da in den Hof?

ritt in schnellem Galopp

PIRRO Unser Herr, gnädige Frau.

CLAUDIA Mein Gemahl? Ist es möglich?

PIRRO Er folgt mir auf dem Fuße.

CLAUDIA So unvermutet? – *ihm entgegen eilend:* Ach! mein Bester! –

Zweiter Auftritt.

Odoardo Galotti, und die Vorigen.

ODOARDO Guten Morgen, meine Liebe! – Nicht wahr, das heißt überraschen?

CLAUDIA Und auf die angenehmste Art! – Wenn es anders* nur eine Überraschung sein soll.

Falls es

ODOARDO Nichts weiter! Sei unbesorgt. – Das Glück des heutigen Tages weckte mich so früh; der Morgen war so schön; der Weg ist so kurz; ich vermutete euch hier so geschäftig – Wie leicht vergessen sie etwas: fiel mir ein. – Mit einem Worte: ⌜ich komme, und sehe, und kehre sogleich wieder zurück⌝. – Wo ist Emilia? Unstreitig* beschäftigt mit dem Putze*? –

Zweifellos

mit der Toilette, der Bekleidung und dem Schmücken

CLAUDIA Ihrer Seele! – Sie ist in der Messe. – Ich habe heute, mehr als jeden andern Tag, Gnade von oben zu erflehen, sagte sie, und ließ alles liegen, und nahm ihren Schleier, und eilte –

ODOARDO Ganz allein?

CLAUDIA Die wenigen Schritte – –

ODOARDO Einer ist genug zu einem Fehltritt! –

CLAUDIA Zürnen Sie nicht, mein Bester; und kommen Sie herein, – einen Augenblick auszuruhen, und, wann* Sie wollen, eine Erfrischung zu nehmen.

wenn

ODOARDO Wie du meinest, Claudia. – Aber sie sollte nicht allein gegangen sein. –

CLAUDIA Und Ihr, Pirro, bleibt hier in dem Vorzimmer, alle Besuche auf heute zu verbitten*.

abzuweisen

Dritter Auftritt.

Pirro, und bald darauf Angelo.

PIRRO Die sich nur aus Neugierde melden lassen. – Was bin ich seit einer Stunde nicht alles ausgefragt worden! – Und wer kömmt da?

ANGELO *noch halb hinter der Scene, in einem kurzen Mantel, den er über das Gesicht gezogen, den Hut in die Stirne:* Pirro! – Pirro!

PIRRO Ein Bekannter? – *indem Angelo vollends herein tritt, und den Mantel auseinander schlägt:* Himmel! Angelo? – Du?

ANGELO Wie du siehst. – Ich bin lange genug um das Haus herumgegangen, dich zu sprechen. – Auf ein Wort! –

PIRRO Und du wagst es, wieder ans Licht zu kommen? – Du bist seit deiner letzten Mordtat vogelfrei* erkläret; auf deinen Kopf steht eine Belohnung –

rechtlos; jedermanns Verfolgung und Schädigung preisgegeben

ANGELO Die doch du nicht wirst verdienen wollen? –

PIRRO Was willst du? Ich bitte dich, mache mich nicht unglücklich.

ANGELO Damit etwa? *ihm einen Beutel mit Gelde zeigend:* – Nimm! Es gehöret dir!

PIRRO Mir?

ANGELO Hast du vergessen? Der Deutsche, dein voriger Herr, – –

PIRRO Schweig davon!

ANGELO Den du uns, auf dem Wege nach Pisa, in die Falle führtest –

PIRRO Wenn uns jemand hörte!

ANGELO Hatte ja die Güte, uns auch einen kostbaren Ring zu hinterlassen. – Weißt du nicht? – Er war zu kostbar, der Ring, als daß wir ihn sogleich ohne Verdacht hätten zu Gelde machen können. Endlich ist mir es damit gelungen. Ich habe hundert ⌈Pistolen⌉ dafür erhalten: und das ist dein Anteil. Nimm!

PIRRO Ich mag nichts, – behalt' alles.

ANGELO Meinetwegen! – wenn es dir gleich viel* ist, wie hoch du deinen Kopf feil trägst* – *als ob er den Beutel wieder einstecken wollte*

gleichgültig

wie teuer du deinen Kopf verkaufst

PIRRO So gieb nur! *nimmt ihn* – Und was nun? Denn daß du bloß deswegen mich aufgesucht haben solltest – –

ANGELO Das kömmt dir nicht so recht glaublich vor? – Halunke! Was denkst du von uns? – daß wir fähig sind, jemand seinen Verdienst* vorzuenthalten? Das mag unter den so genannten ehrlichen Leuten Mode sein: unter uns nicht. – Leb wohl! – *tut als ob er gehen wollte, und kehrt wieder um:* Eins muß ich doch fragen. – Da kam ja der alte Galotti so ganz allein in die Stadt gesprengt. Was will der?

Hier: Gewinn

PIRRO Nichts will er: ein bloßer Spazierritt. Seine Tochter wird, heut' Abend, auf dem Gute, von dem er herkömmt, dem Grafen Appiani angetrauet. Er kann die Zeit nicht erwarten –

ANGELO Und reitet bald wieder hinaus?

PIRRO So bald, daß er dich hier trifft, wo du noch lange verziehest*. – Aber du hast doch keinen Anschlag auf ihn? Nimm dich in Acht. Er ist ein Mann –

wenn du noch lange zögerst

ANGELO Kenn' ich ihn nicht? Hab' ich nicht unter ihm gedient? – Wenn darum bei ihm nur viel zu holen wäre! – Wenn* fahren die junge Leute nach?

Hier: Wann

PIRRO Gegen Mittag.

ANGELO Mit viel Begleitung?

PIRRO In einem einzigen Wagen: die Mutter, die Tochter und der Graf. Ein Paar Freunde kommen aus Sabionetta als Zeugen*.

Hier: Trauzeugen

ANGELO Und Bediente?

PIRRO Nur zwei; außer mir, der ich zu Pferde vorauf reiten soll.

ANGELO Das ist gut. – Noch eins: wessen ist die ⌜Equipage⌝? Ist es eure? oder des Grafen?

PIRRO Des Grafen.

ANGELO Schlimm! Da ist noch ein Vorreiter*, außer einem handfesten* Kutscher. Doch! –

voraus reitender Diener

kräftigen

PIRRO Ich erstaune. Aber was willst du? – Das Bischen Schmuck, das die Braut etwa haben dürfte, wird schwerlich der Mühe lohnen –

ANGELO So lohnt ihrer die Braut selbst!

PIRRO Und auch bei diesem Verbrechen soll ich dein Mitschuldiger sein?

ANGELO Du reitest vorauf. Reite doch, reite! und kehre dich an nichts!

PIRRO Nimmermehr!

ANGELO Wie? ich glaube gar, du willst den Gewissenhaften spielen. – Bursche! ich denke, du kennst mich. – Wo du plauderst!* Wo sich ein einziger Umstand anders findet, als du mir ihn angegeben! –

Wenn du das verrätst!

PIRRO Aber, Angelo, um des Himmels willen! –

ANGELO Tu, was du nicht lassen kannst! *geht ab.*

PIRRO Ha! Laß dich den Teufel bei Einem Haare fassen; und du bist sein auf ewig! Ich Unglücklicher!

Vierter Auftritt.

Odoardo und Claudia Galotti. Pirro.

ODOARDO Sie bleibt mir zu lang' aus –

CLAUDIA Noch einen Augenblick, Odoardo! Es würde sie schmerzen, deines Anblicks so zu verfehlen*.

verfehlen: dich so knapp zu verpassen

ODOARDO Ich muß auch bei dem Grafen noch einsprechen*. Kaum kann ichs erwarten, diesen würdigen jungen Mann meinen Sohn zu nennen. Alles entzückt mich an ihm. Und vor allem der Entschluß, in seinen väterlichen Tälern sich selbst zu leben.

einsprechen: vorsprechen

CLAUDIA Das Herz bricht mir, wenn ich hieran gedenke. – So ganz sollen wir sie verlieren, diese einzige geliebte Tochter?

ODOARDO Was nennst du, sie verlieren? Sie in den Armen der Liebe zu wissen? Vermenge dein Vergnügen an ihr, nicht mit ihrem Glücke. – Du möchtest meinen alten Argwohn erneuern: – daß es mehr das Geräusch und die ⌜Zerstreuung der Welt⌝, mehr die Nähe des Hofes war, als die Notwendigkeit, unserer Tochter eine anständige Erziehung zu geben, was dich bewog, hier in der Stadt mit ihr zu bleiben; – fern von einem Manne und Vater, der euch so herzlich liebet.

CLAUDIA Wie ungerecht, Odoardo! Aber laß mich heute nur ein einziges für diese Stadt, für diese Nähe des Hofes sprechen, die deiner ⌜strengen Tugend⌝ so verhaßt sind. – Hier, nur hier konnte die Liebe zusammen bringen, was für einander geschaffen war. Hier nur konnte der Graf Emilien finden; und fand sie.

ODOARDO Das räum' ich ein. Aber, gute Claudia, hattest du darum Recht, weil dir der Ausgang Recht giebt? – Gut, daß es mit dieser Stadterziehung so abgelaufen! Laßt uns nicht weise sein wollen, wo wir nichts, als glücklich gewesen*! Gut, daß es so damit abgelaufen! – Nun haben sie sich gefunden, die für einander bestimmt

glücklich gewesen: Glück gehabt haben!

waren: nun laß sie ziehen, wohin Unschuld und Ruhe sie rufen. – Was sollte der Graf hier? Sich bücken, schmeicheln und kriechen, und die Marinellis auszustechen* suchen? um endlich ein Glück zu machen, dessen er nicht bedarf? um endlich einer ⌜Ehre⌝ gewürdiget zu werden, die für ihn keine wäre? – Pirro!

zu übertreffen

PIRRO Hier bin ich.

ODOARDO Geh und führe mein Pferd vor das Haus des Grafen. Ich komme nach, und will mich da wieder aufsetzen*. *Pirro* geht ab – Warum soll der Graf hier dienen, wenn er dort selbst befehlen kann? – Dazu bedenkest du nicht, Claudia, daß durch unsere Tochter er es vollends mit dem Prinzen verderbt*. Der Prinz haßt mich –

auf das Pferd steigen

verdirbt

CLAUDIA Vielleicht weniger, als du besorgest*.

befürchtest, vermutest

ODOARDO Besorgest! Ich besorg' auch so was!*

Als ob ich darüber besorgt wäre!

CLAUDIA Denn hab' ich dir schon gesagt, daß der Prinz unsere Tochter gesehen hat?

ODOARDO Der Prinz? Und wo das?

CLAUDIA In der letzten Vegghia, bei dem Kanzler Grimaldi, die er mit seiner Gegenwart beehrte. Er bezeigte sich gegen sie so gnädig* – –

entgegenkommend (einem Untergebenen gegenüber)

ODOARDO So gnädig?

CLAUDIA Er unterhielt sich mit ihr so lange – –

ODOARDO Unterhielt sich mit ihr?

CLAUDIA Schien von ihrer Munterkeit und ihrem Witze so bezaubert – –

ODOARDO So bezaubert? –

CLAUDIA Hat von ihrer Schönheit mit so vielen Lobeserhebungen gesprochen – –

ODOARDO Lobeserhebungen? Und das alles erzählst du mir in einem Tone der Entzückung? O Claudia! eitle, törichte Mutter!

CLAUDIA Wie so?

ODOARDO Nun gut, nun gut! Auch das ist so abgelaufen. – Ha! wenn ich mir einbilde* – Das gerade wäre der ⌜Ort⌝,

vorstelle

wo ich am tödlichsten zu verwunden bin! – Ein Wollüstling*, der bewundert, begehrt. – Claudia! Claudia! der bloße Gedanke setzt mich in Wut. – Du hättest mir das sogleich sollen gemeldet haben. – Doch, ich möchte dir heute nicht gern etwas unangenehmes sagen. Und ich würde, *indem sie ihn bei der Hand ergreift:* wenn ich länger bliebe. – Drum laß mich! laß mich! – Gott befohlen, Claudia! – Kommt glücklich nach!

sich den Sinnenfreuden hingebender Höfling

Fünfter Auftritt.

Claudia Galotti.

⌜Welch ein Mann! – O, der rauhen Tugend! – wenn anders* sie diesen Namen verdienet. – Alles scheint ihr verdächtig, alles strafbar! – Oder, wenn das die Menschen kennen heißt: – wer sollte sich wünschen, sie zu kennen?⌝ – Wo bleibt aber auch Emilia? – Er ist des Vaters Feind: folglich – folglich, wenn er ein Auge für die Tochter hat, so ist es einzig, um ihn zu beschimpfen? –

insofern

Sechster Auftritt.

Emilia und Claudia Galotti.

EMILIA *stürzet in einer ängstlichen Verwirrung herein:* Wohl mir! wohl mir! Nun bin ich in Sicherheit. Oder ist er mir gar gefolgt? *indem sie den Schleier zurück wirft und ihre Mutter erblicket:* Ist er, meine Mutter? ist er? – Nein, dem Himmel sei Dank!

CLAUDIA Was ist dir, meine Tochter? was ist dir?

EMILIA Nichts, nichts –

CLAUDIA Und blickest so wild um dich? Und zitterst an jedem Gliede?

EMILIA Was hab' ich hören müssen? Und wo, wo hab' ich es hören müssen?

CLAUDIA Ich habe dich in der Kirche geglaubt –

EMILIA Eben da! Was ist dem ⌜Laster⌝ Kirch' und Altar? – Ach, meine Mutter! *sich ihr in die Arme werfend*

CLAUDIA Rede, meine Tochter! – Mach' meiner Furcht ein Ende. – Was kann dir da, an heiliger Stätte, so schlimmes begegnet sein?

brennender, inbrünstiger

EMILIA Nie hätte meine Andacht inniger, brünstiger* sein sollen, als heute: nie ist sie weniger gewesen, was sie sein sollte.

CLAUDIA Wir sind Menschen, Emilia. Die Gabe zu beten ist nicht immer in unserer Gewalt. Dem Himmel ist beten wollen, auch beten.

EMILIA Und sündigen wollen, auch sündigen.

nicht tun wollen!

CLAUDIA Das hat meine Emilia nicht wollen*!

EMILIA Nein, meine Mutter; so tief ließ mich die Gnade nicht sinken. – ⌜Aber daß fremdes Laster uns, wider unsern Willen, zu Mitschuldigen machen kann!⌝

sogleich, im Zusammenhang

CLAUDIA Fasse dich! – Sammle deine Gedanken, so viel dir möglich. – Sag' es mir mit eins*, was dir geschehen.

Hier: soziale Rücksichtnahme

EMILIA Eben hatt' ich mich – weiter von dem Altare, als ich sonst pflege, – denn ich kam zu spät – auf meine Knie gelassen. Eben fieng ich an, mein Herz zu erheben: als dicht hinter mir ⌜etwas⌝ seinen Platz nahm. So dicht hinter mir! – Ich konnte weder vor, noch zur Seite rücken, – so gern ich auch wollte; aus Furcht*, daß eines andern Andacht mich in meiner stören möchte. – Andacht! das war das schlimmste, was ich besorgte. – Aber es währte nicht lange, so hört' ich, ganz nah' an meinem Ohre, – nach einem tiefen Seufzer, – nicht den Namen einer Heiligen, – den Namen, – zürnen Sie nicht, meine Mutter – den Namen Ihrer Tochter! – Meinen Namen! – O daß laute Donner mich verhindert hätten, mehr zu hören! – Es sprach von Schönheit, von Liebe – Es klagte, daß dieser Tag, welcher mein Glück mache, – wenn er es anders mache – sein Unglück auf immer entscheide. – Es beschwor mich – hören mußt' ich dies alles. Aber ich blickte nicht um; ich wollte tun, als ob ich es nicht hörte. – Was konnt' ich sonst? – ⌜Meinen guten Engel bitten, mich mit Taubheit zu schlagen⌝; und wann auch, wann* auch auf immer! – Das bat ich; das war das einzige, was ich beten konnte. – Endlich ward es Zeit, mich wieder zu erheben. Das heilige Amt* gieng zu Ende. Ich zitterte, mich umzukehren. Ich zitterte, ihn zu erblicken, der sich den Frevel* erlauben dürfen. Und da ich mich umwandte, da ich ihn erblickte –

Hier: wenn

Gottesdienst, heilige Messe

unverzeihliche Handlung oder Einstellung

CLAUDIA Wen, meine Tochter?

EMILIA Raten Sie, meine Mutter; raten Sie – Ich glaubte in die Erde zu sinken – Ihn selbst.

CLAUDIA Wen, ihn selbst?

EMILIA Den Prinzen.

CLAUDIA Den Prinzen! – O gesegnet sei die Ungeduld deines Vaters, der eben hier war, und dich nicht erwarten wollte!

EMILIA Mein Vater hier? – und wollte mich nicht erwarten?

CLAUDIA Wenn du in deiner Verwirrung auch ihn das hättest hören lassen!

EMILIA Nun, meine Mutter? – Was hätt' er an mir strafbares finden konnen?

CLAUDIA Nichts; eben so wenig, als an mir. Und doch, doch – Ha, du kennest deinen Vater nicht! ⌜In seinem Zorne hätt' er den unschuldigen Gegenstand des Verbrechens mit dem Verbrecher verwechselt.⌝ In seiner Wut hätt' ich ihm geschienen, das veranlaßt zu haben, was ich weder verhindern, noch vorhersehen können. – Aber weiter, meine Tochter, weiter! Als du den Prinzen erkanntest – Ich will hoffen, daß du deiner mächtig genug warest, ihm in Einem Blicke alle die Verachtung zu bezeigen, die er verdienet.

EMILIA Das war ich nicht, meine Mutter! Nach dem Blikke, mit dem ich ihn erkannte, hatt' ich nicht das Herz, einen zweiten auf ihn zu richten. Ich floh' –

CLAUDIA Und der Prinz dir nach –

EMILIA Was ich nicht wußte, bis ich in der Halle* mich bei der Hand ergriffen fühlte. Und von ihm! Aus Scham mußt' ich Stand halten*: mich von ihm loszuwinden, würde die Vorbeigehenden zu aufmerksam auf uns gemacht haben. Das war die einzige Überlegung, deren ich fähig war – oder deren ich nun mich wieder erinnere. Er sprach; und ich hab' ihm geantwortet. Aber was er sprach, was ich ihm geantwortet; – fällt mir es noch bei*, so ist es gut, so will ich es Ihnen sagen, meine Mutter. Itzt* weiß ich von dem allen nichts. Meine Sinne hatten mich verlassen. – Umsonst denk' ich nach, wie ich von ihm weg, und aus der Halle gekommen. Ich finde mich erst auf der Straße wieder; und höre ihn hinter mir herkommen; und höre ihn mit mir zugleich in das Haus treten, mit mir die Treppe hinauf steigen – –

Hier: Vorraum der Kirche

stehen bleiben

fällt es mir noch ein

Jetzt

CLAUDIA ⌈Die Furcht hat ihren besondern Sinn⌉, meine Tochter! – Ich werde es nie vergessen, mit welcher Geberde du hereinstürztest. – Nein, so weit durfte er nicht wagen, dir zu folgen. – Gott! Gott! wenn dein Vater das wüßte! – Wie wild er schon war, als er nur hörte, daß der Prinz dich jüngst nicht ohne Mißfallen* gesehen! – Indes, sei ruhig, meine Tochter! Nimm es für einen Traum, was dir begegnet ist. Auch wird es noch weniger Folgen haben, als ein Traum. Du entgehest heute mit eins allen Nachstellungen.

mit Wohlgefallen

EMILIA Aber, nicht, meine Mutter? Der Graf muß das wissen. ⌈Ihm muß ich es sagen.⌉

CLAUDIA Um alle Welt nicht! – Wozu? warum? Willst du für nichts, und wieder für nichts ihn unruhig machen? Und wann er es auch itzt nicht würde: wisse, mein Kind, daß ein Gift, welches nicht gleich wirket, darum kein minder gefährliches Gift ist. Was auf den Liebhaber keinen Eindruck macht, kann ihn auf den Gemahl machen. Den Liebhaber könnt' es sogar schmeicheln, einem so wichtigen Mitbewerber den Rang abzulaufen. Aber wenn er ihm den nun einmal abgelaufen hat: ah! mein Kind, – so wird aus dem Liebhaber oft ein ganz anderes Geschöpf. Dein gutes Gestirn behüte dich vor dieser Erfahrung.

EMILIA Sie wissen, meine Mutter, wie gern ich Ihren bessern Einsichten mich in allem unterwerfe. – Aber, wenn er es von einem andern erführe, daß der Prinz mich heute gesprochen? Würde mein Verschweigen nicht, früh oder spät, seine Unruhe vermehren? – Ich dächte doch, ich behielte lieber vor ihm nichts auf dem Herzen.

CLAUDIA Schwachheit! verliebte Schwachheit! – Nein, durchaus nicht, meine Tochter! Sag' ihm nichts. Laß ihn nichts merken!

EMILIA Nun ja, meine Mutter! Ich habe keinen Willen gegen den Ihrigen. – Aha! *mit einem tiefen Atemzuge:* Auch wird mir wieder ganz leicht. – Was für ein albernes, furchtsames Ding ich bin! – Nicht, meine Mutter? – Ich hätte mich noch wohl anders dabei nehmen* können, und würde mir eben so wenig vergeben haben.

benehmen

CLAUDIA Ich wollte dir das nicht sagen, meine Tochter, bevor dir es dein eigner gesunder Verstand sagte. Und ich wußte, er würde dir es sagen, sobald du wieder zu dir selbst gekommen. – Der Prinz ist ⌜galant⌝. Du bist die unbedeutende Sprache der Galanterie* zu wenig gewohnt. Eine Höflichkeit wird in ihr zur Empfindung; eine Schmeichelei zur Beteurung; ein Einfall zum Wunsche; ein Wunsch zum Vorsatze. Nichts klingt in dieser Sprache wie Alles: und ⌜Alles ist in ihr so viel als Nichts.⌝

inhaltsleere, bedeutungslose Sprache

EMILIA O meine Mutter! – so müßte ich mir mit meiner Furcht vollends lächerlich vorkommen! – Nun soll er gewiß nichts davon erfahren, mein guter Appiani! Er könnte mich leicht für mehr eitel, als tugendhaft, halten. – Hui*! daß er da selbst kömmt! Es ist sein Gang.

Volkstüml. Ausruf spontaner Bewegung

Siebenter Auftritt.

Graf Appiani. Die Vorigen.

mit gesenktem Blick

Ich vermutete Sie nicht …

APPIANI *tritt tiefsinnig, mit vor sich hingeschlagenen Augen* herein, und kömmt näher, ohne sie zu erblicken; bis Emilia ihm entgegen springt:* Ah, meine Teuerste! – Ich war mir Sie in dem Vorzimmer nicht vermutend*.

plötzliche, starke Gefühlsbewegung

EMILIA Ich wünschte Sie heiter, Herr Graf, auch wo Sie mich nicht vermuten. – So feierlich? so ernsthaft? – Ist dieser Tag keiner freudigern Aufwallung* wert?

Hier: erfüllt von

APPIANI Er ist mehr wert, als mein ganzes Leben. Aber schwanger mit* so viel Glückseligkeit für mich, – mag es wohl diese Glückseligkeit selbst sein, die mich so ernst, die mich, wie Sie es nennen, mein Fräulein, so feierlich macht. – *indem er die Mutter erblickt:* Ha! auch Sie hier, meine gnädige Frau! – nun bald mir mit einem innigern Namen zu verehrende!

CLAUDIA Der mein größter Stolz sein wird! – Wie glücklich bist du, meine Emilia! – Warum hat dein Vater unsere Entzückung nicht teilen wollen?

an ihn

APPIANI Eben habe ich mich aus seinen Armen gerissen: – oder vielmehr er, sich aus meinen. – Welch ein Mann, meine Emilia, Ihr Vater! Das Muster aller männlichen Tugend! Zu was für Gesinnungen erhebt sich meine Seele in seiner Gegenwart! Nie ist mein Entschluß immer gut, immer edel zu sein, lebendiger, als wenn ich ihn sehe – wenn ich ihn mir* denke. Und womit sonst, als mit der Erfüllung dieses Entschlusses kann ich mich der Ehre würdig machen, sein Sohn zu heißen; – der Ihrige zu sein, meine Emilia?

EMILIA Und er wollte mich nicht erwarten!

Ich meine

APPIANI Ich urteile*, weil ihn seine Emilia, für diesen augenblicklichen Besuch, zu sehr erschüttert, zu sehr sich seiner ganzen Seele bemächtiget hätte.

CLAUDIA Er glaubte dich mit deinem Brautschmucke beschäftiget zu finden: und hörte –

APPIANI Was ich mit der zärtlichsten Bewunderung wieder von ihm gehört habe. – So recht, meine Emilia! Ich werde ⌜eine fromme Frau⌝ an Ihnen haben; und die nicht stolz auf ihre Frömmigkeit ist.

CLAUDIA Aber, meine Kinder, eines tun, und das andere nicht lassen! – Nun ist es hohe Zeit; nun mach', Emilia!

APPIANI Was? meine gnädige Frau.

CLAUDIA Sie wollen sie doch nicht so, Herr Graf, – so wie sie da ist, zum Altare führen?

APPIANI Wahrlich, das werd' ich nun erst gewahr. – Wer kann Sie sehen, Emilia, und auch auf Ihren Putz achten? – Und warum nicht so, so wie sie da ist?

EMILIA Nein, mein lieber Graf, nicht so; nicht ganz so. Aber auch nicht viel prächtiger; nicht viel. – Husch, husch, und ich bin fertig! – Nichts, gar nichts von dem ⌜Geschmeide⌝, dem letzten Geschenke Ihrer verschwenderischen Großmut! Nichts, gar nichts, was sich nur zu solchem Geschmeide schickte*! – Ich könnte ihm gram* sein, diesem Geschmeide, wenn es nicht von Ihnen wäre. – Denn dreimal hat mir von ihm geträumet –

passte, angemessen wäre

böse

CLAUDIA Nun! davon weiß ich ja nichts.

EMILIA Als ob ich es trüge, und als ob plötzlich sich jeder Stein desselben in eine Perle verwandele. – Perlen aber, meine Mutter, ⌜Perlen bedeuten Tränen⌝.

CLAUDIA Kind! Die Bedeutung ist träumerischer, als der Traum. – Warest du nicht von je her eine größere Liebhaberin von Perlen, als von Steinen? –

EMILIA Freilich, meine Mutter, freilich –

APPIANI *nachdenkend und ⌜schwermütig⌝:* Bedeuten Tränen – bedeuten Tränen!

EMILIA Wie? Ihnen fällt das auf? Ihnen?

APPIANI Ja wohl; ich sollte mich schämen. – Aber, wenn die Einbildungskraft einmal zu traurigen Bildern gestimmt ist –

EMILIA Warum ist sie das auch? – Und was meinen Sie, das

wie sah ich aus

ich mir ausgedacht habe? – Was trug ich, wie sah ich*, als ich Ihnen zuerst gefiel? – Wissen Sie es noch?

APPIANI Ob ich es noch weiß? Ich sehe Sie in Gedanken nie anders, als so; und sehe Sie so, auch wenn ich Sie nicht so sehe.

EMILIA Also, ⌜ein Kleid von der nemlichen Farbe, von dem nemlichen Schnitte; fliegend und frei⌝ –

APPIANI Vortrefflich!

EMILIA Und das Haar –

APPIANI In seinem eignen braunen Glanze; in Locken, wie sie die Natur schlug –

Symbol der Unschuld (vgl. 91,23–25; 91,29–30; 92,3–4; 92,15–16)

EMILIA Die Rose* darin nicht zu vergessen! Recht! recht! – Eine kleine Geduld, und ich stehe so vor Ihnen da!

Achter Auftritt.

Graf Appiani. Claudia Galotti.

wenn wir von der Zeit unabhängig wären

APPIANI *indem er ihr mit einer niedergeschlagenen Miene nachsieht:* Perlen bedeuten Tränen! – Eine kleine Geduld! – Ja, wenn die Zeit nur außer uns wäre*! – Wenn eine Minute am Zeiger, sich in uns nicht in Jahre ausdehnen könnte! –

CLAUDIA Emiliens Beobachtung, Herr Graf, war so schnell, als richtig. Sie sind heut' ernster als gewöhnlich. Nur noch einen Schritt von dem Ziele Ihrer Wünsche, – sollt' es Sie reuen, Herr Graf, daß es das Ziel Ihrer Wünsche gewesen?

argwöhnen

metaph.: den Hafen noch gar nicht verlassen haben

ehedem, vorgestern

APPIANI Ah, meine Mutter, und Sie können das von Ihrem Sohne argwohnen*? – Aber, es ist wahr; ich bin heut' ungewöhnlich trübe und finster. – Nur sehen Sie, gnädige Frau; – noch Einen Schritt vom Ziele, oder noch gar nicht ausgelaufen sein*, ist im Grunde eines. – Alles was ich sehe, alles was ich höre, alles was ich träume, prediget mir seit gestern und ehegestern* diese Wahrheit.

Dieser Eine Gedanke kettet sich an jeden andern, den ich haben muß und haben will. – Was ist das? Ich versteh' es nicht. –

CLAUDIA Sie machen mich unruhig, Herr Graf –

APPIANI Eines kömmt dann zum andern! – Ich bin ärgerlich; ärgerlich über meine Freunde, über mich selbst –

CLAUDIA Wie so?

APPIANI Meine Freunde verlangen schlechterdings, daß ich dem Prinzen von meiner Heirat ein Wort sagen soll, ehe ich sie vollziehe. Sie geben mir zu, ich sei es nicht schuldig*: aber die Achtung gegen ihn woll' es nicht anders. – Und ich bin schwach genug gewesen, es ihnen zu versprechen. Eben wollt' ich noch bei ihm vorfahren.

dazu nicht verpflichtet

CLAUDIA *stutzig:* Bei dem Prinzen?

Neunter Auftritt.

Pirro, gleich darauf Marinelli, und die Vorigen.

PIRRO Gnädige Frau, der Marchese Marinelli hält vor dem Hause, und erkundiget sich nach dem Herrn Grafen.

APPIANI Nach mir?

PIRRO Hier ist er schon. *öffnet ihm die Türe und gehet ab.*

MARINELLI Ich bitt' um Verzeihung, gnädige Frau. – Mein Herr Graf, ich war vor Ihrem Hause, und erfuhr, daß ich Sie hier treffen würde. Ich hab' ein dringendes Geschäft an Sie* – Gnädige Frau, ich bitte nochmals um Verzeihung; es ist in einigen Minuten geschehen.

Auftrag für Sie

CLAUDIA Die ich nicht verzögern will. *macht ihm eine Verbeugung und geht ab.*

Zehnter Auftritt.

Marinelli. Appiani.

APPIANI Nun, mein Herr?

MARINELLI Ich komme von des Prinzen ⌜Durchlaucht⌝.

APPIANI Was ist zu seinem Befehle?

MARINELLI Ich bin stolz, der Überbringer einer so vorzüglichen Gnade* zu sein. – Und wenn Graf Appiani nicht mit Gewalt einen seiner ergebensten Freunde in mir verkennen will – –

Ehrerweisung

APPIANI Ohne weitere Vorrede; wenn ich bitten darf.

MARINELLI Auch das! – Der Prinz muß sogleich an den Herzog von Massa, in Angelegenheit seiner Vermählung mit dessen Prinzessin Tochter, einen Bevollmächtigten senden. Er war lange unschlüssig, wen er dazu ernennen sollte. Endlich ist seine Wahl, Herr Graf, auf Sie gefallen.

APPIANI Auf mich?

MARINELLI Und das, – wenn die Freundschaft ruhmredig* sein darf – nicht ohne mein Zutun –

sich selbst rühmend, angeberisch

APPIANI Wahrlich, Sie setzen mich wegen eines Dankes in Verlegenheit. – Ich habe schon längst nicht mehr erwartet, daß der Prinz mich zu brauchen geruhen* werde. –

Im Sinne von: wünschen

MARINELLI Ich bin versichert, daß es ihm bloß an einer würdigen* Gelegenheit gemangelt hat. Und wenn auch diese so eines Mannes, wie Graf Appiani, noch nicht würdig genug sein sollte: so ist freilich meine Freundschaft zu voreilig gewesen.

Hier: gewichtigen

APPIANI Freundschaft und Freundschaft, um das dritte Wort! – Mit wem red' ich denn? Des Marchese Marinelli Freundschaft hätt' ich mir nie träumen lassen. –

MARINELLI Ich erkenne mein Unrecht, Herr Graf, mein unverzeihliches Unrecht, daß ich, ohne Ihre Erlaubnis, Ihr Freund sein wollen. – Bei dem allen*: was tut das? Die Gnade des Prinzen, die Ihnen angetragene Ehre,

Wie auch immer

bleiben, was sie sind: und ich zweifle nicht, Sie werden sie mit Begierd' ergreifen.

APPIANI *nach einiger Überlegung:* Allerdings.

MARINELLI Nun so kommen Sie.

APPIANI Wohin?

MARINELLI Nach Dosalo, zu dem Prinzen. – Es liegt schon alles fertig; und Sie müssen noch heut' abreisen.

APPIANI Was sagen Sie? – Noch heute?

MARINELLI Lieber noch in dieser nemlichen Stunde, als in der folgenden. Die Sache ist von der äußersten Eil.

APPIANI In Wahrheit? – So tut es mir leid, daß ich die Ehre, welche mir der Prinz zugedacht, verbitten* muß.

ablehnen

MARINELLI Wie?

APPIANI Ich kann heute nicht abreisen; – auch morgen nicht; – auch übermorgen noch nicht. –

MARINELLI Sie scherzen, Herr Graf.

APPIANI Mit Ihnen?

MARINELLI Unvergleichlich! Wenn der Scherz den Prinzen gilt, so ist er um so viel lustiger. – Sie können nicht?

APPIANI Nein, mein Herr, nein. – Und ich hoffe, daß der Prinz selbst meine Entschuldigung wird gelten lassen.

MARINELLI Die bin ich begierig, zu hören.

APPIANI O, eine Kleinigkeit! – Sehen Sie; ich soll noch heut' eine Frau nehmen.

MARINELLI Nun? und dann?

APPIANI Und dann? – und dann? – Ihre Frage ist auch verzweifelt naiv*.

unglaublich einfältig

MARINELLI Man hat Exempel*, Herr Graf, daß sich Hochzeiten aufschieben lassen. – Ich glaube freilich nicht, daß der Braut oder dem Bräutigam immer damit gedient ist. Die Sache mag ihr Unangenehmes haben. Aber doch, dächt' ich, der Befehl des Herrn –

Es gibt Beispiele

APPIANI Der Befehl des Herrn? – des Herrn? Ein Herr, den man sich selber wählt, ist unser Herr so eigentlich nicht – Ich gebe zu, daß Sie dem Prinzen unbedingtern Gehorsam schuldig wären. Aber nicht ich. – Ich kam an seinen Hof als ⌜ein Freiwilliger⌝. Ich wollte die Ehre haben, ihm zu dienen: aber nicht sein Sklave werden. Ich bin der Vasall eines größern Herrn –

MARINELLI Größer oder kleiner: Herr ist Herr.

APPIANI Daß ich mit Ihnen darüber stritte! – Genug, sagen Sie dem Prinzen, was Sie gehört haben: – daß es mir leid tut, seine Gnade nicht annehmen zu können; weil ich eben heut' eine Verbindung vollzöge, die mein ganzes Glück ausmache.

MARINELLI Wollen Sie ihm nicht zugleich wissen lassen, mit wem?

APPIANI Mit Emilia Galotti.

MARINELLI Der Tochter aus diesem Hause?

APPIANI Aus diesem Hause.

MARINELLI Hm! hm!

Wie bitte?

APPIANI Was beliebt?*

Hier: Trauung

MARINELLI Ich sollte meinen, daß es sonach um so weniger Schwierigkeit haben könne, die Ceremonie* bis zu Ihrer Zurückkunft auszusetzen.

APPIANI Die Ceremonie? Nur die Ceremonie?

MARINELLI Die guten Eltern werden es so genau nicht nehmen.

APPIANI Die guten Eltern?

MARINELLI Und Emilia bleibt Ihnen ja wohl gewiß.

Schimpfwort

APPIANI Ja wohl gewiß? – Sie sind mit Ihrem Ja wohl – ja wohl ein ganzer Affe*!

MARINELLI Mir das, Graf?

APPIANI Warum nicht?

MARINELLI Himmel und Hölle! – Wir werden uns sprechen.

APPIANI Pah! Hämisch ist der Affe; aber –

MARINELLI Tod und Verdammnis! – Graf, ⌜ich fodere Genugtuung⌝.

APPIANI Das versteht sich.

MARINELLI Und würde sie gleich itzt nehmen: – nur daß ich dem zärtlichen Bräutigam den heutigen Tag nicht verderben mag.

APPIANI Gutherziges Ding! Nicht doch! *indem er ihn bei der Hand ergreift:* Nach Massa freilich mag ich mich heute nicht schicken lassen: aber zu einem ⌜Spaziergange⌝ mit Ihnen hab' ich Zeit übrig. – Kommen Sie, kommen Sie!

MARINELLI *der sich losreißt, und abgeht:* Nur Geduld, Graf, nur Geduld!

Eilfter* Auftritt.

Bis ins 18. Jh. für: elfter

Appiani. Claudia Galotti.

APPIANI Geh, Nichtswürdiger*! – Ha! das hat gut getan. Mein Blut ist in Wallung gekommen. Ich fühle mich anders und besser.

Verächtlicher

CLAUDIA *eiligst und besorgt:* Gott! Herr Graf – Ich hab' einen heftigen Wortwechsel gehört. – Ihr Gesicht glühet. Was ist vorgefallen?

APPIANI Nichts, gnädige Frau, gar nichts. Der Kammerherr Marinelli hat mir einen großen Dienst erwiesen. Er hat mich des Ganges zum Prinzen überhoben*.

den Gang zum Prinzen überflüssig gemacht

CLAUDIA In der Tat?

APPIANI Wir können nun um so viel früher abfahren. Ich gehe, meine Leute zu treiben*, und bin sogleich wieder hier. Emilia wird indes auch fertig.

anzutreiben

CLAUDIA Kann ich ganz ruhig sein, Herr Graf?

APPIANI Ganz ruhig, gnädige Frau. *Sie geht herein und er fort.*

Dritter Aufzug.

Die Scene, ein Vorsaal auf dem Lustschlosse des Prinzen.

Erster Auftritt.

Der Prinz. Marinelli.

MARINELLI Umsonst; er schlug die angetragene Ehre mit der größten Verachtung aus.

DER PRINZ Und so bleibt es dabei? So geht es vor sich? so wird Emilia noch heute die seinige?

MARINELLI Allem Ansehen nach.

DER PRINZ Ich versprach mir von Ihrem Einfalle so viel! – Wer weiß, wie albern Sie sich dabei genommen*. – Wenn der Rat eines Toren einmal gut ist, so muß ihn ein gescheuter* Mann ausführen. Das hätt' ich bedenken sollen.

Hier: benommen

gescheiter

MARINELLI Da find' ich mich schön belohnt!

DER PRINZ Und wofür belohnt?

MARINELLI Daß ich noch mein Leben darüber in die Schanze schlagen* wollte. – Als ich sahe, daß weder Ernst noch Spott den Grafen bewegen konnte, seine Liebe der Ehre nachzusetzen: versucht' ich es, ihn in Harnisch zu jagen*. Ich sagte ihm Dinge, über die er sich vergaß. Er stieß Beleidigungen gegen mich aus: und ich foderte Genugtuung, – und foderte sie gleich auf der Stelle. – Ich dachte so: entweder er mich; oder ich ihn. Ich ihn: so ist das Feld ganz unser. Oder er mich: nun, wenn auch; so muß er fliehen, und der Prinz gewinnt wenigstens Zeit.

aufs Spiel setzen

Hier: zu erzürnen

DER PRINZ Das hätten Sie getan, Marinelli?

MARINELLI Ha! man sollt' es voraus wissen, wenn man so töricht bereit ist, sich für die Großen aufzuopfern – man sollt' es voraus wissen, wie erkenntlich sie sein würden –

DER PRINZ Und der Graf? – Er stehet in dem Rufe, sich so etwas nicht zweimal sagen zu lassen.

MARINELLI Nachdem es fällt*, ohne Zweifel. – Wer kann es ihm verdenken? – Er versetzte*, daß er auf heute doch noch etwas wichtigers zu tun habe, als sich mit mir den Hals zu brechen. Und so beschied er mich auf die ersten acht Tage nach der Hochzeit.

DER PRINZ Mit Emilia Galotti! Der Gedanke macht mich rasend! – Darauf ließen sie es gut sein, und giengen: – und kommen und prahlen, daß Sie Ihr Leben für mich in die Schanze geschlagen; sich mir aufgeopfert –

MARINELLI Was wollen Sie aber, gnädiger Herr, das ich weiter hätte tun sollen?

DER PRINZ Weiter tun? – Als ob er etwas getan hätte!

MARINELLI Und lassen Sie doch hören, gnädiger Herr, was Sie für sich selbst getan haben. – Sie waren so glücklich, sie noch in der Kirche zu sprechen. Was haben Sie mit ihr abgeredet*?

DER PRINZ *höhnisch:* Neugierde zur Gnüge! – Die ich nur befriedigen muß. – O, es gieng alles nach Wunsch. – Sie brauchen sich nicht weiter zu bemühen, mein allzudienstfertiger Freund! – Sie kam meinem Verlangen, mehr als halbes Weges*, entgegen. Ich hätte sie nur gleich mitnehmen dürfen. *kalt und befehlend:* Nun wissen Sie, was Sie wissen wollen; – und können gehn!

MARINELLI Und können gehn! – Ja, ja; das ist das Ende vom Liede! und würd' es sein, gesetzt auch, ich wollte noch das Unmögliche versuchen. – Das Unmögliche sag' ich? – So unmöglich wär' es nun wohl nicht: aber kühn. – Wenn wir die Braut in unserer Gewalt hätten: so stünd' ich dafür*, daß aus der Hochzeit nichts werden sollte.

DER PRINZ Ei! wofür der Mann nicht alles stehen will! Nun dürft' ich ihm nur noch ein Kommando von meiner Leibwache geben, und er legte sich an der Landstraße damit in Hinterhalt, und fiele selbst funfziger* einen

Den Umständen entsprechend
entgegnete
besprochen, vereinbart
mehr als halbwegs
stünde ich dafür ein
als Fünfzigster

Wagen an, und riß ein Mädchen heraus, das er im Triumphe mir zubrächte.

ehedem, früher

MARINELLI ⌜Es ist eher* ein Mädchen mit Gewalt entführt worden, ohne daß es einer gewaltsamen Entführung ähnlich gesehen.⌝

DER PRINZ Wenn Sie das zu machen wüßten: so würden Sie nicht erst lange davon schwatzen.

ereignen

MARINELLI Aber für den Ausgang müßte man nicht stehen sollen. – Es könnten sich Unglücksfälle dabei eräugnen* –

DER PRINZ Und es ist meine Art, daß ich Leute Dinge verantworten lasse, wofür sie nicht können!

MARINELLI Also, gnädiger Herr – *man hört von weitem einen Schuß:* Ha! was war das? – Hört' ich recht? – Hörten Sie nicht auch, gnädiger Herr, einen Schuß fallen? – Und da noch einen!

DER PRINZ Was ist das? was giebts?

Hier: wenn

MARINELLI Was meinen Sie wohl? – Wie wann* ich tätiger wäre, als Sie glauben?

DER PRINZ Tätiger? – So sagen Sie doch –

MARINELLI Kurz: wovon ich gesprochen, geschieht.

DER PRINZ Ist es möglich?

MARINELLI Nur vergessen Sie nicht, Prinz, wessen Sie mich eben versichert. – Ich habe nochmals Ihr Wort – –

Vorbereitungen

DER PRINZ Aber die Anstalten* sind doch so –

Hier: dicht am Zaun

MARINELLI Als sie nur immer sein können! – Die Ausführung ist Leuten anvertrauet, auf die ich mich verlassen kann. Der Weg geht hart an der Planke* des ⌜Tiergartens⌝ vorbei. Da wird ein Teil den Wagen angefallen haben; gleichsam, um ihn zu plündern. Und ein andrer Teil, wobei einer von meinen Bedienten ist, wird aus dem Tiergarten gestürzt sein; den Angefallenen gleichsam zur Hülfe. Während des Handgemenges, in das beide Teile zum Schein geraten, soll mein Bedienter Emilien ergreifen, als ob er sie retten wolle, und durch den Tiergarten in das Schloß bringen. – So ist die Abrede*. – Was sagen Sie nun, Prinz?

Abrede: Absprache

DER PRINZ Sie überraschen mich auf eine sonderbare Art. – Und eine Bangigkeit überfällt mich – *Marinelli tritt an das Fenster* Wornach* sehen Sie?

Wornach: Wonach

MARINELLI Dahinaus muß es sein! – Recht! – und eine Maske* kömmt bereits um die Planke gesprengt; – ohne Zweifel, mir den Erfolg zu berichten. – Entfernen Sie sich, gnädiger Herr.

Maske: ein Maskierter

DER PRINZ Ah, Marinelli –

MARINELLI Nun? Nicht wahr, nun hab' ich zu viel getan; und vorhin zu wenig?

DER PRINZ Das nicht. Aber ich sehe bei alle dem nicht ab* – –

ab: überblicke nicht

MARINELLI Absehn? – Lieber alles mit eins! – Geschwind entfernen Sie sich. – Die Maske muß* Sie nicht sehen. *der Prinz gehet ab.*

muß: Hier: darf

Zweiter Auftritt.

Marinelli, und bald darauf Angelo.

MARINELLI *der wieder nach dem Fenster geht:* Dort fährt der Wagen langsam nach der Stadt zurück. – So langsam? Und in jedem Schlage* ein Bedienter? – Das sind Anzeigen, die mir nicht gefallen: – daß der Streich* wohl nur halb gelungen ist; – daß man einen Verwundeten gemächlich zurückführet, – und keinen Toten. – Die Maske steigt ab. – Es ist Angelo selbst. Der Tolldreiste! – Endlich, hier weiß er die Schliche*. – Er winkt mir zu. Er muß seiner Sache gewiß sein. – Ha, Herr Graf, der Sie nicht nach Massa wollten, und nun noch einen weitern Weg müssen! – Wer hatte Sie die Affen so kennen gelehrt? *indem er nach der Türe zugeht:* Ja wohl sind sie hämisch. – Nun Angelo?

Schlage: Tür der Kutsche
Streich: Anschlag
hier weiß er die Schliche: hier kennt er sich aus

ANGELO *der die Maske abgenommen:* Passen Sie auf, Herr ⌜Kammerherr⌝! Man muß sie gleich bringen.

MARINELLI Und wie lief es sonst ab?

ANGELO Ich denke ja, recht gut.

MARINELLI Wie steht es mit dem Grafen?

ANGELO Zu dienen! So, so! – Aber er muß Wind gehabt haben*. Denn er war nicht so ganz unbereitet*.

etwas gemerkt haben

unvorbereitet

MARINELLI Geschwind sage mir, was du mir zu sagen hast! – Ist er tot?

ANGELO Es tut mir leid um den guten Herrn.

MARINELLI Nun da, für dein mitleidiges Herz! *giebt ihm einen Beutel mit Gold*

ANGELO Vollends mein braver Nicolo! der ⌜das Bad mit bezahlen müssen⌝.

MARINELLI So? Verlust auf beiden Seiten?

ANGELO Ich könnte weinen! um den ehrlichen* Jungen! Ob mir sein Tod schon das *indem er den Beutel in der Hand wieget* um ein Vierteil* verbessert. Denn ich bin sein Erbe; weil ich ihn gerächet habe. Das ist so unser Gesetz: ein so gutes, mein' ich, als für Treu und Freundschaft je gemacht worden. Dieser Nicolo, Herr Kammerherr –

tapferen, tüchtigen

Viertel

MARINELLI Mit deinem Nicolo! – Aber der Graf, der Graf –

ANGELO Blitz*! der Graf hatte ihn gut gefaßt. Dafür faßt' ich auch wieder den Grafen! – Er stürzte; und wenn er noch lebendig zurück in die Kutsche kam: so steh' ich dafür, daß er nicht lebendig wieder heraus kömmt.

Ausdruck der Überraschung

MARINELLI Wenn das nur gewiß ist, Angelo.

ANGELO Ich will Ihre ⌜Kundschaft⌝ verlieren, wenn es nicht gewiß ist! – Haben Sie noch was zu befehlen? denn mein Weg ist der weiteste: wir wollen heute noch über die Grenze.

MARINELLI So geh.

ANGELO Wenn wieder was vorfällt, Herr Kammerherr, – Sie wissen, wo ich zu erfragen bin. Was sich ein andrer zu tun getrauet, wird für mich auch keine Hexerei sein. Und billiger bin ich, als jeder andere. *geht ab.*

MARINELLI Gut das! – Aber doch nicht so recht gut. – Pfui, Angelo! so ein Knicker* zu sein! Einen zweiten Schuß wäre er ja wohl noch wert gewesen. – Und wie er sich vielleicht nun martern muß, der arme Graf! – Pfui, Angelo! Das heißt sein Handwerk sehr grausam treiben; – und verpfuschen. – Aber davon muß der Prinz noch nichts wissen. Er muß erst selbst finden, wie zuträglich ihm dieser Tod ist. – Dieser Tod! – Was gäb' ich um die Gewißheit!

Geizhals

Dritter Auftritt.

Der Prinz. Marinelli.

DER PRINZ Dort kömmt sie, die Allee herauf. Sie eilet vor dem Bedienten her. Die Furcht, wie es scheinet, beflügelt ihre Füße. Sie muß* noch nichts argwohnen. Sie glaubt sich nur vor Räubern zu retten. – Aber wie lange kann das dauern?

Hier: kann

MARINELLI So haben wir sie doch fürs erste.

DER PRINZ Und wird die Mutter sie nicht aufsuchen? Wird der Graf ihr nicht nachkommen? Was sind wir alsdann weiter? Wie kann ich sie ihnen vorenthalten?

MARINELLI Auf das alles weiß ich freilich noch nichts zu antworten. Aber wir müssen sehen. Gedulden Sie sich, gnädiger Herr. Der erste Schritt mußte doch getan sein. –

DER PRINZ Wozu? wenn wir ihn zurücktun müssen.

MARINELLI Vielleicht müssen wir nicht. – Da sind tausend Dinge, auf die sich weiter fußen läßt. – Und vergessen Sie denn das Vornehmste*?

das Wichtigste

DER PRINZ Was kann ich vergessen, woran ich sicher noch nicht gedacht habe? – Das Vornehmste? was ist das?

MARINELLI Die Kunst zu gefallen, zu überreden, – die einem Prinzen, welcher liebt, nie fehlet.

DER PRINZ Nie fehlet? Außer, wo er sie gerade am nötigsten brauchte. – Ich habe von dieser Kunst schon heut' einen zu schlechten Versuch gemacht. Mit allen Schmeicheleien und Beteuerungen konnt' ich ihr auch nicht ein Wort auspressen. Stumm und niedergeschlagen und zitternd stand sie da; wie eine Verbrecherin, die ihr Todesurteil höret. Ihre Angst steckte mich an, ich zitterte mit, und schloß mit einer Bitte um Vergebung. Kaum getrau' ich mir, sie wieder anzureden. – Bei ihrem Eintritte wenigstens wag' ich es nicht zu sein. Sie, Marinelli, müssen sie empfangen. Ich will hier in der Nähe hören, wie es abläuft; und kommen, wenn ich mich mehr gesammelt habe.

Vierter Auftritt.

Marinelli, und bald darauf dessen Bedienter Battista mit ⌜*Emilien*⌝.

MARINELLI Wenn sie ihn nicht selbst stürzen gesehen – Und das muß sie wohl nicht; da sie so fortgeeilet – Sie kömmt. Auch ich will nicht das erste sein, was ihr hier in die Augen fällt. *er zieht sich in einen Winkel des Saales zurück.*

BATTISTA Nur hier herein, gnädiges Fräulein.

EMILIA *außer Atem:* Ah! – Ah! – Ich danke Ihm, mein Freund; – ich dank' Ihm. – Aber Gott, Gott! wo bin ich? – Und so ganz allein? Wo bleibt meine Mutter? Wo blieb der Graf? – Sie kommen doch nach? mir auf dem Fuße nach?

BATTISTA Ich vermute.

EMILIA Er vermutet? Er weiß es nicht? Er sah sie nicht? – Ward nicht gar hinter uns geschossen? –

BATTISTA Geschossen? – Das wäre! –

EMILIA Ganz gewiß! Und das hat den Grafen, oder meine Mutter getroffen. –

BATTISTA Ich will gleich nach ihnen ausgehen*. [gehen, um sie zu suchen]

EMILIA Nicht ohne mich. – Ich will mit; ich muß mit: komm Er, mein Freund!

MARINELLI *der plötzlich herzu tritt, als ob er eben herein käme:* Ah, gnädiges Fräulein! Was für ein Unglück, oder vielmehr, was für ein Glück, – was für ein ⌜glückliches Unglück⌝ verschafft uns die Ehre –

EMILIA *stutzend:* Wie? Sie hier, mein Herr? – Ich bin also wohl bei Ihnen? – Verzeihen Sie, Herr Kammerherr. Wir sind von Räubern ohnfern* überfallen worden. [in der Nähe] Da kamen uns gute Leute zu Hülfe; – und dieser ehrliche Mann hob mich aus dem Wagen, und brachte mich hierher. – Aber ich erschrecke, mich allein gerettet zu sehen. Meine Mutter ist noch in der Gefahr. Hinter uns ward sogar geschossen. Sie ist vielleicht tot; – und ich lebe? – Verzeihen Sie. Ich muß fort; ich muß wieder hin, – wo ich gleich hätte bleiben sollen.

MARINELLI Beruhigen Sie sich, gnädiges Fräulein. Es stehet alles gut; sie werden bald bei Ihnen sein, die geliebten Personen, für die Sie so viel zärtliche Angst empfinden. – Indes, Battista, geh', lauf: sie dürften vielleicht nicht wissen, wo das Fräulein ist. Sie dürften sie vielleicht in einem von den Wirtschaftshäusern des Gartens suchen. Bringe sie unverzüglich hierher. *Battista geht ab.*

EMILIA Gewiß? Sind sie alle geborgen? Ist ihnen nichts widerfahren? – Ah, was ist dieser Tag für ein Tag des Schreckens für mich! – Aber ich sollte nicht hier bleiben; ich sollte ihnen entgegen eilen –

MARINELLI Wozu das, gnädiges Fräulein? Sie sind ohnedem schon ohne Atem und Kräfte. Erholen Sie sich vielmehr, und geruhen in ein Zimmer zu treten, wo mehr Bequemlichkeit ist. – Ich will wetten, daß der Prinz schon selbst um Ihre teuere ehrwürdige Mutter ist, und sie Ihnen zuführet.

EMILIA Wer, sagen Sie?

MARINELLI Unser gnädigster Prinz selbst.

EMILIA *äußerst bestürzt:* Der Prinz?

eilte

MARINELLI Er floh*, auf die erste Nachricht, Ihnen zu Hülfe. – Er ist höchst ergrimmt, daß ein solches Verbrechen ihm so nahe, unter seinen Augen gleichsam, hat dürfen gewagt werden. Er läßt den Tätern nachsetzen*, und ihre Strafe, wenn sie ergriffen werden, wird unerhört sein.

die Täter verfolgen

EMILIA Der Prinz! – Wo bin ich denn also?

MARINELLI Auf Dosalo, dem Lustschlosse des Prinzen.

EMILIA Welch ein ⌜Zufall⌝! – Und Sie glauben, daß er gleich selbst erscheinen könne? – Aber doch in Gesellschaft meiner Mutter?

MARINELLI Hier ist er schon.

Fünfter Auftritt.

Der Prinz. Emilia. Marinelli.

DER PRINZ Wo ist sie? wo? – Wir suchen Sie überall, schönstes Fräulein. – Sie sind doch wohl*? – Nun so ist alles wohl! Der Graf, Ihre Mutter, –

wohlauf

EMILIA Ah, gnädigster Herr! wo sind sie? Wo ist meine Mutter?

DER PRINZ Nicht weit; hier ganz in der Nähe.

EMILIA Gott, in welchem Zustande werde ich die eine, oder den andern, vielleicht treffen! Ganz gewiß treffen! – denn Sie verhehlen* mir, gnädiger Herr – ich seh' es, Sie verhehlen mir –

verheimlichen

DER PRINZ Nicht doch, bestes Fräulein. – Geben Sie mir Ihren Arm, und folgen Sie mir getrost.

EMILIA *unentschlossen:* Aber – wenn ihnen nichts widerfahren – wenn meine ⌜Ahnungen⌝ mich trügen: – warum sind sie nicht schon hier? Warum kamen sie nicht mit Ihnen, gnädiger Herr?

DER PRINZ So eilen Sie doch, mein Fräulein, alle diese Schreckenbilder mit eins verschwinden zu sehen. –

EMILIA Was soll ich tun! *die Hände ringend*

DER PRINZ Wie, mein Fräulein? Sollten Sie einen Verdacht gegen mich hegen? –

EMILIA *die vor ihm niederfällt:* Zu Ihren Füßen, gnädiger Herr –

DER PRINZ *sie aufhebend:* Ich bin äußerst beschämt. – Ja, Emilia, ich verdiene diesen stummen Vorwurf. – Mein Betragen diesen Morgen, ist nicht zu rechtfertigen: – zu entschuldigen höchstens. Verzeihen Sie meiner Schwachheit. Ich hätte Sie mit keinem Geständnisse beunruhigen sollen, von dem ich keinen Vorteil zu erwarten habe. Auch ward ich durch die sprachlose Bestürzung, mit der Sie es anhörten, oder vielmehr nicht anhörten, genugsam* bestraft. – Und könnt' ich schon diesen Zufall*, der mir nochmals, ehe alle meine Hoffnung auf ewig verschwindet, – mir nochmals das Glück Sie zu sehen und zu sprechen verschafft; könnt' ich schon diesen Zufall für den Wink eines günstigen Glückes erklären, – für den wunderbarsten Aufschub meiner endlichen* Verurteilung erklären, um nochmals um Gnade flehen zu dürfen: so will ich doch – Beben Sie nicht, mein Fräulein – einzig und allein von Ihrem Blicke abhangen*. Kein Wort, kein Seufzer, soll Sie beleidigen. – Nur kränke mich nicht Ihr Mißtrauen. Nur zweifeln Sie keinen Augenblick an der unumschränktesten Gewalt, die Sie über mich haben. Nur falle Ihnen nie bei, daß Sie eines andern Schutzes gegen mich bedürfen. – Und nun kommen Sie, mein Fräulein, – kommen Sie, wo Entzückungen* auf Sie warten, die Sie mehr billigen. *er führt sie, nicht ohne Sträuben, ab.* Folgen Sie uns, Marinelli. –

MARINELLI Folgen Sie uns, – das mag heißen: folgen Sie uns nicht! – Was hätte ich ihnen auch zu folgen? Er mag sehen, wie weit er es unter vier Augen mit ihr bringt. –

genug
Hier: Vorfall
endgültigen
abhängen
Hier: Annehmlichkeiten

[Doppelte Verneinung (zur Verstärkung)]

Alles, was ich zu tun habe, ist, – zu verhindern, daß sie nicht gestöret werden*. Von dem Grafen zwar, hoffe ich nun wohl nicht. Aber von der Mutter; von der Mutter! Es sollte mich sehr wundern, wenn die so ruhig abgezogen wäre, und ihre Tochter im Stiche gelassen hätte. – Nun, Battista? was giebts?

Sechster Auftritt.

Battista. Marinelli.

BATTISTA *eiligst:* Die Mutter, Herr Kammerherr –

MARINELLI Dacht' ichs doch! – Wo ist sie?

[Hier: Wenn]

BATTISTA Wann* Sie ihr nicht zuvorkommen, so wird sie den Augenblick hier sein. – Ich war gar nicht Willens, wie Sie mir zum Schein geboten, mich nach ihr umzusehen: als ich ihr Geschrei von weitem hörte. Sie ist der Tochter auf der Spur, und wo nur nicht* – unserm ganzen Anschlage! ⌜Alles, was in dieser einsamen Gegend von Menschen ist, hat sich um sie versammelt⌝; und jeder will der sein, der ihr den Weg weiset. Ob man ihr schon gesagt, daß der Prinz hier ist, daß Sie hier sind, weiß ich nicht. – Was wollen Sie tun?

[wenn nicht gar]

MARINELLI Laß sehen! – *er überlegt:* Sie nicht einlassen, wenn sie weiß, daß die Tochter hier ist? – Das geht nicht. – Freilich, sie wird Augen machen, wenn sie den Wolf bei dem Schäfchen sieht. – Augen? Das möchte noch sein.* Aber der Himmel sei unsern Ohren gnädig! – Nun was? die beste Lunge erschöpft sich; auch so gar eine weibliche. Sie hören alle auf zu schreien, wenn sie nicht mehr können. – Dazu, es ist doch einmal die Mutter, die wir auf unserer Seite haben müssen. – Wenn ich die Mütter recht kenne: – so etwas von einer Schwiegermutter eines Prinzen zu sein, schmeichelt die meisten. – Laß sie kommen, Battista, laß sie kommen!

[Das ginge noch an.]

BATTISTA Hören Sie! hören Sie!

CLAUDIA GALOTTI *innerhalb**: Emilia! Emilia! Mein Kind, wo bist du?

Hier: in den Kulissen

MARINELLI Geh, Battista, und suche nur ihre neugierigen Begleiter zu entfernen.

Siebenter Auftritt.

Claudia Galotti. Battista. Marinelli.

CLAUDIA *die in die Türe tritt, indem Battista heraus gehen will:* Ha! der hob sie aus dem Wagen! Der führte sie fort! Ich erkenne dich. Wo ist sie? Sprich, Unglücklicher*!

Hier: Unglückseliger, Verwünschter

BATTISTA Das ist mein Dank?

CLAUDIA O, wenn du Dank verdienest: *in einem gelinden Tone:* – so verzeihe mir, ehrlicher Mann! – Wo ist sie? – Laßt mich sie nicht länger entbehren. Wo ist sie?

BATTISTA O, Ihre Gnaden, sie könnte in dem Schoße der Seligkeit nicht aufgehobner sein. – Hier mein Herr wird Ihre Gnaden zu ihr führen. *gegen einige Leute, welche nachdringen wollen:* Zurück da! ihr!

Achter Auftritt.

Claudia Galotti. Marinelli.

CLAUDIA Dein Herr? – *erblickt den Marinelli und fährt zurück:* Ha! – Das dein Herr? – Sie hier, mein Herr? Und hier meine Tochter? Und Sie, Sie sollen mich zu ihr führen?

MARINELLI Mit vielem Vergnügen, gnädige Frau.

CLAUDIA Halten Sie! – Eben fällt mir es bei* – Sie waren es ja – nicht? – Der den Grafen diesen Morgen in meinem Hause aufsuchte? mit dem ich ihn allein ließ? mit dem er Streit bekam?

erinnere ich mich

MARINELLI Streit? – Was ich nicht wüßte: ein unbedeutender Wortwechsel in herrschaftlichen Angelegenheiten* –

Fragen staatspolit. Art

CLAUDIA Und Marinelli heißen Sie?

MARINELLI Marchese Marinelli.

CLAUDIA So ist es richtig. – Hören Sie doch, Herr Marchese. – Marinelli war – der Name Marinelli war – begleitet mit einer Verwünschung – Nein, daß ich den edeln* Mann nicht verleumde! – begleitet mit keiner Verwünschung – Die Verwünschung denk' ich hinzu – Der Name Marinelli war das letzte Wort des sterbenden Grafen.

edlen

MARINELLI Des sterbenden Grafen? Grafen Appiani? – Sie hören, gnädige Frau, was mir in Ihrer seltsamen Rede am meisten auffällt. – Des sterbenden Grafen? – Was Sie sonst sagen wollen, versteh' ich nicht.

CLAUDIA *bitter und langsam:* Der Name Marinelli war das letzte Wort des sterbenden Grafen! – Verstehen Sie nun? – Ich verstand es erst auch nicht: ob schon mit einem Tone gesprochen – mit einem Tone! – Ich höre ihn noch! Wo waren meine Sinne, daß sie diesen Ton nicht sogleich verstanden?

MARINELLI Nun, gnädige Frau? – Ich war von je her des Grafen Freund; sein vertrautester Freund. Also, wenn er mich noch im Sterben nannte –

CLAUDIA Mit dem Tone? – Ich kann ihn nicht nachmachen; ich kann ihn nicht beschreiben: aber er enthielt alles! alles! – Was? Räuber wären es gewesen, die uns anfielen? – Mörder waren es; erkaufte Mörder! – Und Marinelli, Marinelli war das letzte Wort des sterbenden Grafen! Mit einem Tone!

MARINELLI Mit einem Tone? – Ist es erhört*, auf einen Ton, in einem Augenblicke des Schreckens vernommen, die Anklage eines rechtschaffnen Mannes zu gründen?

Hat man je davon gehört

CLAUDIA Ha, könnt' ich ihn nur vor Gerichte stellen, diesen Ton! – Doch, weh mir! Ich vergesse darüber meine

Tochter. – Wo ist sie? – Wie? auch tot? – Was konnte meine Tochter dafür, daß Appiani dein Feind war?

MARINELLI Ich verzeihe der bangen Mutter. – Kommen Sie, gnädige Frau – Ihre Tochter ist hier; in einem von den nächsten Zimmern: und hat sich hoffentlich von ihrem Schrecken schon völlig erholt. Mit der zärtlichsten Sorgfalt ist der Prinz selbst um sie beschäftiget –

CLAUDIA Wer? – Wer selbst?

MARINELLI Der Prinz.

CLAUDIA Der Prinz? – Sagen Sie wirklich, der Prinz? – Unser Prinz?

MARINELLI Welcher sonst?

CLAUDIA Nun dann! – Ich unglückselige Mutter! – Und ihr Vater! ihr Vater! – Er wird den Tag ihrer Geburt verfluchen. Er wird mich verfluchen.

MARINELLI Um des Himmels willen, gnädige Frau! Was fällt Ihnen nun ein?

CLAUDIA Es ist klar! – Ist es nicht? – Heute im Tempel! vor den Augen der Allerreinesten*! in der nähern Gegenwart des Ewigen! – begann das Bubenstück*; da brach es aus! *gegen den Marinelli:* Ha, Mörder! feiger, elender Mörder! Nicht tapfer genug, mit eigner Hand zu morden: aber nichtswürdig genug, zu Befriedigung eines fremden Kitzels* zu morden! – morden zu lassen! – Abschaum aller Mörder! – Was ehrliche Mörder sind, werden dich unter sich nicht dulden! Dich! Dich! – Denn warum soll ich dir nicht alle meine ⌜Galle⌝, allen meinen Geifer* mit einem einzigen Worte ins Gesicht speien? – Dich! Dich Kuppler!

Jungfrau Maria

üble, verbrecherische Tat

Reizes

Speichel; bildl. für Wut

MARINELLI Sie schwärmen*, gute Frau. – Aber mäßigen Sie wenigstens Ihr wildes Geschrei, und bedenken Sie, wo Sie sind.

reden unsinnig

CLAUDIA Wo ich bin? Bedenken, wo ich bin? – Was kümmert es die Löwin, der man die Jungen geraubet, in wessen Walde sie brüllet?

EMILIA *innerhalb:* Ha, meine Mutter! Ich höre meine Mutter!

CLAUDIA Ihre Stimme? Das ist sie! Sie hat mich gehört; sie hat mich gehört. Und ich sollte nicht schreien? – Wo bist du, mein Kind? Ich komme, ich komme! *Sie stürzt in das Zimmer, und Marinelli ihr nach.*

Vierter Aufzug.

Die Scene bleibt.

Erster Auftritt.

Der Prinz. Marinelli.

DER PRINZ *als aus dem Zimmer von Emilien kommend:* Kommen Sie, Marinelli! Ich muß mich erholen – und muß Licht* von Ihnen haben.

Hier: Klarheit, Aufklärung

MARINELLI O der mütterlichen Wut! Ha! ha! ha!

DER PRINZ Sie lachen?

MARINELLI Wenn Sie gesehen hätten, Prinz, wie toll sich hier, hier im Saale, die Mutter geberdete – Sie hörten sie ja wohl schreien! – und wie zahm sie auf einmal ward, bei dem ersten Anblicke von Ihnen – – Ha! ha! – Das weiß ich ja wohl, daß keine Mutter einem Prinzen die Augen auskratzt, weil er ihre Tochter schön findet.

DER PRINZ Sie sind ein schlechter Beobachter! – Die Tochter stürzte der Mutter ohnmächtig in die Arme. Darüber vergaß die Mutter ihre Wut: nicht über mir*. Ihre Tochter schonte sie, nicht mich; wenn sie es nicht lauter, nicht deutlicher sagte, – was ich lieber selbst nicht gehört, nicht verstanden haben will.

meinetwegen

MARINELLI Was, gnädiger Herr?

DER PRINZ Wozu die Verstellung? – Heraus damit. Ist es wahr? oder ist es nicht wahr?

MARINELLI Und wenn es denn wäre!

DER PRINZ Wenn es denn wäre? – Also ist es? – Er ist tot? tot? – *drohend:* Marinelli! Marinelli!

MARINELLI Nun?

DER PRINZ Bei Gott! bei dem allgerechten Gott! ich bin unschuldig an diesem Blute. – Wenn Sie mir vorher gesagt hätten, daß es dem Grafen das Leben kosten werde –

Nein, nein! und wenn es mir selbst das Leben gekostet hätte! –

MARINELLI Wenn ich Ihnen vorher gesagt hätte? – Als ob sein Tod in meinem Plane gewesen wäre! Ich hatte es dem Angelo auf die Seele gebunden*, zu verhüten, daß niemanden Leides geschähe. Es würde auch ohne die geringste Gewalttätigkeit abgelaufen sein, wenn sich der Graf nicht die erste erlaubt hätte. Er schoß Knall und Fall* den einen nieder.

eingeschärft

plötzlich

DER PRINZ Wahrlich; er hätte sollen Spaß verstehen!

MARINELLI Daß Angelo sodann in Wut kam, und den Tod seines Gefährten rächte –

DER PRINZ Freilich, das ist sehr natürlich!

MARINELLI Ich hab' es ihm genug verwiesen*.

ihn genug getadelt

DER PRINZ Verwiesen? Wie freundschaftlich! – Warnen Sie ihn, daß er sich in meinem Gebiete nicht betreten* läßt. Mein Verweis möchte so freundschaftlich nicht sein.

erwischen

MARINELLI Recht wohl! – Ich und Angelo; Vorsatz und Zufall: alles ist eins. – Zwar ward es voraus bedungen*, zwar ward es voraus versprochen, daß keiner der Unglücksfälle, die sich dabei eräugnen könnten, mir zu Schulden kommen solle –

abgesprochen, als Bedingung ausgemacht

DER PRINZ Die sich dabei eräugnen – könnten, sagen Sie? oder sollten?

MARINELLI Immer besser! – Doch, gnädiger Herr, – ehe Sie mir es mit dem trocknen Worte sagen, wofür Sie mich halten – eine einzige Vorstellung*! Der Tod des Grafen ist mir nichts weniger, als gleichgültig. Ich hatte ihn ausgefodert*; er war mir Genugtuung schuldig; er ist ohne diese aus der Welt gegangen; und meine Ehre bleibt beleidiget. Gesetzt, ich verdiente unter jeden andern Umständen den Verdacht, den Sie gegen mich hegen: aber auch unter diesen? – *mit einer angenommenen Hitze*:* Wer das von mir denken kann! –

Hier: Überlegung

zum Duell gefordert

gespielten Erregung

DER PRINZ *nachgebend:* Nun gut, nun gut –

MARINELLI Daß er noch lebte! O daß er noch lebte! Alles, alles in der Welt wollte ich darum geben – *bitter:* selbst die Gnade meines Prinzen, – diese unschätzbare, nie zu verscherzende Gnade – wollt' ich drum geben! .

DER PRINZ Ich verstehe. – Nun gut, nun gut. Sein Tod war Zufall, bloßer Zufall. Sie versichern es; und ich, ich glaub' es. – Aber wer mehr? Auch die Mutter? Auch Emilia? – Auch die Welt?

MARINELLI *kalt:* Schwerlich*.

DER PRINZ Und wenn man es nicht glaubt, was wird man denn glauben? – Sie zucken die Achsel? – Ihren Angelo wird man für das Werkzeug, und mich für den Täter halten –

MARINELLI *noch kälter:* Wahrscheinlich genug.

DER PRINZ Mich! mich selbst! – Oder ich muß von Stund an alle Absicht auf Emilien aufgeben –

MARINELLI *höchst gleichgültig:* Was Sie auch gemußt hätten – wenn der Graf noch lebte. –

DER PRINZ *heftig, aber sich gleich wieder fassend:* Marinelli! – Doch, Sie sollen mich nicht wild machen. – Es sei so – Es ist so! Und das wollen Sie doch nur sagen: der Tod des Grafen ist für mich ein Glück – das größte Glück, was mir begegnen konnte, – das einzige Glück, was meiner Liebe zu statten kommen konnte. Und als dieses, – mag er doch geschehen sein, wie er will! – Ein Graf mehr in der Welt, oder weniger! Denke ich Ihnen so recht? – Topp*! auch ich erschrecke vor einem kleinen Verbrechen nicht. Nur, guter Freund, muß es ein kleines stilles Verbrechen, ein kleines heilsames* Verbrechen sein. Und sehen Sie, unseres da, wäre nun gerade weder stille noch heilsam. Es hätte den Weg zwar gereiniget, aber zugleich gesperrt. Jedermann würde es uns auf den Kopf zusagen, – und leider hätten wir es gar nicht einmal begangen! – Das liegt doch wohl nur bloß an Ihren weisen, wunderbaren Anstalten?

Unwahrscheinlich

Ausruf beim Abschluss eines Handels

Hier: nutzbringendes

MARINELLI Wenn Sie so befehlen –

Ich will eine Erklärung!

DER PRINZ Woran sonst? – Ich will Rede!*

MARINELLI Es kömmt mehr auf meine Rechnung, was nicht darauf gehört.

DER PRINZ Rede will ich!

MARINELLI Nun dann! Was läge an meinen Anstalten? daß den Prinzen bei diesem Unfalle ein so sichtbarer Verdacht trifft? – An dem Meisterstreiche liegt das, den er selbst meinen Anstalten mit einzumengen die Gnade hatte.

DER PRINZ Ich?

Angemessenheit

zum Plan

MARINELLI Er erlaube mir, ihm zu sagen, daß der Schritt, den er heute Morgen in der Kirche getan, – mit so vielem Anstande* er ihn auch getan – so unvermeidlich er ihn auch tun mußte – daß dieser Schritt dennoch nicht in den Tanz* gehörte.

DER PRINZ Was verdarb er denn auch?

vorerst

MARINELLI Freilich nicht den ganzen Tanz: aber doch voritzo* den Takt.

DER PRINZ Hm! Versteh' ich Sie?

Hier: einfach

MARINELLI Also, kurz und einfältig*. Da ich die Sache übernahm, nicht wahr, da wußte Emilia von der Liebe des Prinzen noch nichts? Emiliens Mutter noch weniger. Wenn ich nun auf diesen Umstand baute? und der Prinz indes den Grund meines Gebäudes untergrub? –

DER PRINZ *sich vor die Stirne schlagend:* Verwünscht!

MARINELLI Wenn er es nun selbst verriet, was er im Schilde führe?

DER PRINZ Verdammter Einfall!

Bekräftigend für: Wahrhaftig!

MARINELLI Und wenn er es nicht selbst verraten hätte? – Traun*! Ich möchte doch wissen, aus welcher meiner Anstalten, Mutter oder Tochter den geringsten Argwohn gegen ihn schöpfen könnte?

DER PRINZ Daß Sie Recht haben!

MARINELLI Daran tu' ich freilich sehr Unrecht – Sie werden verzeihen, gnädiger Herr –

Zweiter Auftritt.

Battista. Der Prinz. Marinelli.

BATTISTA *eiligst:* Eben kömmt die Gräfin an.

DER PRINZ Die Gräfin? Was für eine Gräfin?

BATTISTA Orsina.

DER PRINZ Orsina? – Marinelli! – Orsina? – Marinelli!

MARINELLI Ich erstaune darüber, nicht weniger als Sie selbst.

DER PRINZ Geh, lauf, Battista: sie soll nicht aussteigen. Ich bin nicht hier. Ich bin für sie nicht hier. Sie soll augenblicklich wieder umkehren. Geh, lauf! – *Battista geht ab* Was will die Närrin? Was untersteht sie sich? Wie weiß sie, daß wir hier sind? Sollte sie wohl auf Kundschaft* kommen? Sollte sie wohl schon etwas vernommen haben? – Ah, Marinelli! So reden Sie, so antworten Sie doch! – Ist er beleidiget der Mann, der mein Freund sein will? Und durch einen elenden* Wortwechsel beleidiget? Soll ich ihn um Verzeihung bitten?

zur Nachforschung

unwichtigen

MARINELLI Ah, mein Prinz, so bald Sie wieder Sie sind, bin ich mit ganzer Seele wieder der Ihrige! – Die Ankunft der Orsina ist mir ein Rätsel, wie Ihnen. Doch abweisen wird sie schwerlich sich lassen. Was wollen Sie tun?

DER PRINZ Sie durchaus nicht sprechen; mich entfernen –

MARINELLI Wohl! und nur geschwind. Ich will sie empfangen –

DER PRINZ Aber bloß, um sie gehen zu heißen. – Weiter geben Sie mit ihr sich nicht ab. Wir haben andere Dinge hier zu tun –

MARINELLI Nicht doch, Prinz! Diese andern Dinge sind getan. Fassen Sie doch Mut! Was noch fehlt, kömmt sicherlich von selbst. – Aber hör' ich sie nicht schon? – Eilen Sie, Prinz! – Da, *auf ein ⌜Kabinett⌝ zeigend, in welches sich der Prinz begiebt:* wenn Sie wollen, werden Sie uns hören können. – Ich fürchte, ich fürchte, sie ist nicht zu ihrer besten Stunde* ausgefahren.

Etwa: in bester Verfassung

Dritter Auftritt.

Die Gräfin Orsina. Marinelli.

ORSINA *ohne den Marinelli anfangs zu erblicken:* Was ist das? – Niemand kömmt mir entgegen, außer ein Unverschämter, der mir lieber gar* den Eintritt verweigert hätte? – Ich bin doch zu Dosalo? Zu dem Dosalo, wo mir sonst ein ganzes Heer geschäftiger Augendiener* entgegen stürzte? wo mich sonst Lieb' und Entzücken erwarteten? – Der Ort ist es: aber, aber! – Sieh' da, Marinelli! – Recht gut, daß der Prinz Sie mitgenommen. – Nein, nicht gut! Was ich mit ihm auszumachen hätte, hätte ich nur mit ihm auszumachen. – Wo ist er?

ganz

Schmeichler

MARINELLI Der Prinz, meine gnädige Gräfin?

ORSINA Wer sonst?

MARINELLI Sie vermuten ihn also hier? wissen ihn hier? – Er wenigstens ist der Gräfin Orsina hier nicht vermutend.

ORSINA Nicht? So hat er meinen Brief heute Morgen nicht erhalten?

MARINELLI Ihren Brief? Doch ja; ich erinnere mich, daß er ⌜eines Briefes von Ihnen erwähnte⌝.

ORSINA Nun? habe ich ihn nicht in diesem Briefe auf heute um eine Zusammenkunft hier auf Dosalo gebeten? – Es ist wahr, es hat ihm nicht beliebet*, mir schriftlich zu antworten. Aber ich erfuhr, daß er eine Stunde darauf wirklich nach Dosalo abgefahren. Ich glaubte, das sei Antworts genug; und ich komme.

nicht gefallen

MARINELLI Ein sonderbarer Zufall!

ORSINA Zufall? – Sie hören ja, daß es verabredet worden. So gut, als verabredet. Von meiner Seite, der Brief: von seiner, die Tat. – Wie er da steht, der Herr Marchese! Was er für Augen macht! Wundert sich das Gehirnchen? und worüber denn?

MARINELLI Sie schienen gestern so weit entfernt, dem Prinzen jemals wieder vor die Augen zu kommen.

ORSINA Beßrer Rat kömmt über Nacht. – Wo ist er? wo ist er? – Was gilts, er ist in dem Zimmer, wo ich das Gequicke*, das Gekreusche* hörte? – Ich wollte herein, und der Schurke vom Bedienten trat vor.

Gequieke

Gekreische

MARINELLI Meine liebste, beste Gräfin –

ORSINA Es war ein weibliches Gekreusche. Was gilts, Marinelli? – O sagen Sie mir doch, sagen Sie mir – wenn ich anders Ihre liebste, beste Gräfin bin – Verdammt, über das Hofgeschmeiß*! So viel Worte, so viel Lügen! – Nun was liegt daran, ob Sie mir es voraus sagen, oder nicht? Ich werd' es ja wohl sehen. *will gehen*

Beschimpfung der Hofleute als Ungeziefer

MARINELLI *der sie zurück hält:* Wohin?

ORSINA Wo ich längst sein sollte. – Denken Sie, daß es schicklich* ist, mit Ihnen hier in dem Vorgemache einen elenden Schnickschnack* zu halten, indes der Prinz in dem Gemache auf mich wartet?

passend, angemessen

nichts sagendes Geschwätz

MARINELLI Sie irren sich, gnädige Gräfin. Der Prinz erwartet Sie nicht. Der Prinz kann Sie hier nicht sprechen, – will Sie nicht sprechen.

ORSINA Und wäre doch hier? und wäre doch auf meinen Brief hier?

MARINELLI Nicht auf Ihren Brief –

ORSINA Den er ja erhalten, sagen Sie –

MARINELLI Erhalten, aber nicht gelesen.

ORSINA *heftig:* Nicht gelesen? – *minder heftig:* Nicht gelesen? – *wehmütig, und eine Träne aus dem Auge wischend:* Nicht einmal gelesen?

MARINELLI Aus Zerstreuung, weiß ich. – Nicht aus Verachtung.

ORSINA *stolz:* Verachtung? – Wer denkt daran? – Wem brauchen Sie das zu sagen? – Sie sind ein unverschämter Tröster, Marinelli! – Verachtung! Verachtung! Mich verachtet man auch! mich! – *gelinder, bis zum Tone der Schwermut:* Freilich liebt er mich nicht mehr. Das ist ausgemacht*. Und an die Stelle der Liebe trat in seiner

klar, sicher

Seele etwas anders. Das ist natürlich. Aber warum denn eben Verachtung? Es braucht ja nur Gleichgültigkeit zu sein. Nicht wahr, Marinelli?

MARINELLI Allerdings, allerdings.

ORSINA *höhnisch:* Allerdings? – O des weisen Mannes, den man sagen lassen kann, was man will! – Gleichgültigkeit! Gleichgültigkeit an die Stelle der Liebe? – Das heißt, Nichts an die Stelle von Etwas. Denn lernen Sie, nachplauderndes Hofmännchen, lernen Sie von einem ⌜Weibe⌝, daß Gleichgültigkeit ein leeres Wort, ein bloßer Schall ist, dem nichts, gar nichts entspricht. ⌜Gleichgültig ist die Seele nur gegen das, woran sie nicht denkt; nur gegen ein Ding, das für sie kein Ding ist. Und nur gleichgültig für ein Ding, das kein Ding ist, – das ist so viel, als gar nicht gleichgültig.⌝ – Ist dir das zu hoch, Mensch?

MARINELLI *vor sich:* O weh! wie wahr ist es, was ich fürchtete!

ORSINA Was murmeln Sie da?

MARINELLI Lauter Bewunderung! – Und wem ist es nicht bekannt, gnädige Gräfin, daß Sie eine Philosophin sind?

ORSINA Nicht wahr? – Ja, ja; ich bin eine. – Aber habe ich mir es itzt merken lassen, daß ich eine bin? – O pfui, wenn ich mir es habe merken lassen; und wenn ich mir es öftrer habe merken lassen! Ist es wohl noch Wunder, daß mich der Prinz verachtet? Wie kann ein Mann ein Ding lieben, das, ihm zum Trotze, auch denken will? ⌜Ein Frauenzimmer*, das denket, ist eben so ekel* als ein Mann, der sich schminket.⌝ Lachen soll es, nichts als lachen, um immerdar den gestrengen Herrn der Schöpfung bei guter Laune zu erhalten. – Nun, worüber lach' ich denn gleich, Marinelli? – Ach, ja wohl! Über den ⌜Zufall!⌝ daß ich dem Prinzen schreibe, er soll nach Dosalo kommen; daß der Prinz meinen Brief nicht lieset, und daß er doch nach Dosalo kömmt. Ha! ha! ha! Wahrlich ein sonderbarer Zufall! Sehr lustig, sehr när-

Frau

ekelhaft

lächerlich

risch*! – Und Sie lachen nicht mit, Marinelli? – Mitlachen kann ja wohl der gestrenge Herr der Schöpfung, ob wir arme Geschöpfe gleich nicht mitdenken dürfen. – *ernsthaft und befehlend:* So lachen Sie doch!

MARINELLI Gleich, gnädige Gräfin, gleich!

ORSINA Stock*! Und darüber geht der Augenblick vorbei. Nein, nein, lachen Sie nur nicht. – Denn sehen Sie, Marinelli, *nachdenkend bis zur Rührung:* was mich so herzlich zu lachen macht, das hat auch seine ernsthafte – sehr ernsthafte Seite. Wie alles in der Welt! – Zufall? Ein Zufall wär' es, daß der Prinz nicht daran gedacht, mich hier zu sprechen, und mich doch hier sprechen muß? Ein Zufall? – Glauben Sie mir, Marinelli: das Wort Zufall ist Gotteslästerung. Nichts unter der Sonne ist Zufall; – am wenigsten das, wovon die Absicht so klar in die Augen leuchtet. – Allmächtige, allgütige Vorsicht*, vergieb mir, daß ich mit diesem albernen Sünder einen Zufall genennet habe, was so offenbar dein Werk, wohl gar dein unmittelbares Werk ist! – *hastig gegen Marinelli:* Kommen Sie mir, und verleiten Sie mich noch einmal zu so einem Frevel!

Dummer, einfältiger Mensch!

Hier: Vorsehung

MARINELLI *vor sich:* Das geht weit! – Aber gnädige Gräfin –

ORSINA Still mit dem Aber! Die Aber kosten Überlegung: – und mein Kopf! mein Kopf! *sich mit der Hand die Stirne haltend:* Machen Sie, Marinelli, machen Sie, daß ich ihn bald spreche, den Prinzen; sonst bin ich es wohl gar nicht im Stande*. – Sie sehen, wir sollen uns sprechen; wir müssen uns sprechen –

dazu nicht imstande

Vierter Auftritt.

Der Prinz. Orsina. Marinelli.

DER PRINZ *indem er aus dem Kabinette tritt, vor sich:* Ich muß ihm zu Hülfe kommen –

unentschlossen

ORSINA *die ihn erblickt, aber unentschlüssig* bleibt, ob sie auf ihn zugehen soll:* Ha! da ist er.

quer durch

DER PRINZ *geht quer über* den Saal, bei ihr vorbei, nach den andern Zimmern, ohne sich im Reden aufzuhalten:* Sieh da! unsere schöne Gräfin. – Wie sehr betaure ich, Madame, daß ich mir die Ehre Ihres Besuchs für heute so wenig zu Nutze machen* kann! Ich bin beschäftiget. Ich bin nicht allein. – Ein andermal, meine liebe Gräfin! Ein andermal. – Itzt halten Sie länger sich nicht auf. Ja nicht länger! – Und Sie, Marinelli, ich erwarte Sie. –

genießen

Fünfter Auftritt.

Orsina. Marinelli.

MARINELLI Haben Sie es, gnädige Gräfin, nun von ihm selbst gehört, was Sie mir nicht glauben wollen?

ORSINA *wie betäubt:* Hab' ich? hab' ich wirklich?

MARINELLI Wirklich.

ORSINA *mit Rührung:* »Ich bin beschäftiget. Ich bin nicht allein.« Ist das die Entschuldigung ganz, die ich wert bin? Wen weiset man damit nicht ab? Jeden Überlästigen, jeden Bettler. Für mich keine einzige Lüge mehr? Keine einzige kleine Lüge mehr, für mich? – Beschäftiget? womit denn? Nicht allein? wer wäre denn bei ihm? – Kommen Sie, Marinelli; aus Barmherzigkeit, lieber Marinelli! Lügen Sie mir eines auf eigene Rechnung vor. Was kostet Ihnen denn eine Lüge? – Was hat er zu tun? Wer ist bei ihm? – Sagen Sie mir; sagen Sie mir, was Ihnen zuerst in den Mund kömmt, – und ich gehe.

MARINELLI *vor sich:* Mit dieser Bedingung, kann ich ihr ja wohl einen Teil der Wahrheit sagen.

ORSINA Nun? Geschwind, Marinelli; und ich gehe. – Er sagte ohnedem, der Prinz: »Ein andermal, meine liebe Gräfin!« Sagte er nicht so? – Damit er mir Wort hält, damit er keinen Vorwand hat, mir nicht Wort zu halten: geschwind, Marinelli, Ihre Lüge; und ich gehe.

MARINELLI Der Prinz, liebe Gräfin, ist wahrlich nicht allein. Es sind Personen bei ihm, von denen er sich keinen Augenblick abmüßigen* kann; Personen, die eben einer großen Gefahr entgangen sind. Der Graf Appiani –

entfernen

ORSINA Wäre bei ihm? – Schade, daß ich über diese Lüge Sie ertappen muß. Geschwind eine andere. – Denn Graf Appiani, wenn Sie es noch nicht wissen, ist eben von Räubern erschossen worden. Der Wagen mit seinem Leichname begegnete mir kurz vor der Stadt. – Oder ist er nicht? Hätte es mir bloß geträumet?

MARINELLI Leider nicht bloß geträumet! – Aber die Andern, die mit dem Grafen waren, haben sich glücklich hieher* nach dem Schlosse gerettet: seine Braut nemlich, und die Mutter der Braut, mit welchen er nach Sabionetta zu seiner feierlichen Verbindung fahren wollte.

hierher

ORSINA Also die? Die sind bei dem Prinzen? die Braut? und die Mutter der Braut? – Ist die Braut schön?

MARINELLI Dem Prinzen geht ihr Unfall* ungemein nahe.

Hier: Unglück

ORSINA Ich will hoffen; auch wenn sie häßlich wäre. Denn ihr Schicksal ist schrecklich. – Armes, gutes Mädchen, eben da er dein auf immer werden sollte, wird er dir auf immer entrissen! – Wer ist sie denn, diese Braut? Kenn' ich sie gar? – Ich bin so lange aus der Stadt, daß ich von Nichts weiß.

MARINELLI Es ist Emilia Galotti.

ORSINA Wer? – Emilia Galotti? Emilia Galotti? – Marinelli! daß ich diese Lüge nicht für Wahrheit nehme!

MARINELLI Wie so?

ORSINA Emilia Galotti?

MARINELLI Die Sie schwerlich kennen werden –

ORSINA Doch! doch! Wenn es auch nur von heute wäre. – Im Ernst, Marinelli? Emilia Galotti? – Emilia Galotti wäre die unglückliche Braut, die der Prinz tröstet?

MARINELLI *vor sich:* Sollte ich ihr schon zu viel gesagt haben?

ORSINA Und Graf Appiani war der Bräutigam dieser Braut? der eben erschossene Appiani?

MARINELLI Nicht anders.

ORSINA Bravo! o bravo! bravo! *in die Hände schlagend*

MARINELLI Wie das?

ORSINA Küssen möcht' ich den Teufel, der ihn dazu verleitet hat!

MARINELLI Wen? verleitet? wozu?

ORSINA Ja, küssen, küssen möcht' ich ihn – Und wenn Sie selbst dieser Teufel wären, Marinelli.

MARINELLI Gräfin!

gerade

ORSINA Kommen Sie her! Sehen Sie mich an! steif* an! Aug' in Auge!

MARINELLI Nun?

ORSINA Wissen Sie nicht, was ich denke?

MARINELLI Wie kann ich das?

ORSINA Haben Sie keinen Anteil daran?

MARINELLI Woran?

Hier: könnten

ORSINA Schwören Sie! – Nein, schwören Sie nicht. Sie möchten* eine Sünde mehr begehen – Oder ja; schwören Sie nur. Eine Sünde mehr oder weniger für einen, der doch verdammt ist! – Haben Sie keinen Anteil daran?

MARINELLI Sie erschrecken mich, Gräfin.

ORSINA Gewiß? – Nun, Marinelli, argwohnet Ihr gutes Herz auch nichts?

MARINELLI Was? worüber?

im Geheimen

ORSINA Wohl, – so will ich Ihnen etwas vertrauen; – etwas, das Ihnen jedes Haar auf dem Kopfe zu Berge sträuben soll. – Aber hier, so nahe an der Türe, möchte uns jemand hören. Kommen Sie hierher. – Und! *indem sie den Finger auf den Mund legt:* Hören Sie! ganz in geheim! ganz in geheim*! *und ihren Mund seinem Ohre nähert, als ob sie ihm zuflüstern wollte, was sie aber sehr laut ihm zuschreiet:* Der Prinz ist ein Mörder!

MARINELLI Gräfin, – Gräfin – sind Sie ganz von Sinnen?

ORSINA Von Sinnen? Ha! ha! ha! *aus vollem Halse lachend:* Ich bin selten, oder nie, mit meinem Verstande so wohl zufrieden gewesen, als eben itzt. – Zuverlässig*, Marinelli; – aber es bleibt unter uns – *leise:* der Prinz ist ein Mörder! Des Grafen Appiani Mörder! – Den haben nicht Räuber, den haben Helfershelfer des Prinzen, den hat der Prinz umgebracht!

Gewiss

MARINELLI Wie kann Ihnen so eine Abscheulichkeit in den Mund, in die Gedanken kommen?

ORSINA Wie? – Ganz natürlich. – Mit dieser Emilia Galotti, die hier bei ihm ist, – deren Bräutigam so über Hals über Kopf sich aus der Welt trollen* müssen, – mit dieser Emilia Galotti hat der Prinz heute Morgen, in der Halle bei den Dominikanern, ein Langes und Breites gesprochen. Das weiß ich; das haben meine Kundschafter gesehen. Sie haben auch gehört, was er mit ihr gesprochen. – Nun, guter Herr? Bin ich von Sinnen? Ich reime, dächt' ich, doch noch so ziemlich zusammen, was zusammen gehört. – Oder trifft auch das nur so von ungefähr zu? Ist Ihnen auch das Zufall? O, Marinelli, so verstehen Sie auf die Bosheit der Menschen sich eben so schlecht, als auf die Vorsicht*.

die Welt verlassen, sterben

Hier: Vorsehung

MARINELLI Gräfin, Sie würden ⌜sich um den Hals reden⌝ –

ORSINA Wenn ich das mehrern sagte? – Desto besser, desto besser! – Morgen will ich es ⌜auf dem Markte⌝ ausrufen. – Und wer mir widerspricht – wer mir widerspricht, der war des Mörders Spießgeselle*. – Leben Sie wohl. *indem sie fortgehen will, begegnet sie an der Türe den alten Galotti, der eiligst hereintritt.*

Komplize (eigentl. Waffenbruder)

Sechster Auftritt.

Odoardo Galotti. Die Gräfin. Marinelli.

ODOARDO GAL. Verzeihen Sie, gnädige Frau –

ORSINA Ich habe hier nichts zu verzeihen. Denn ich habe hier nichts übel zu nehmen – An diesen Herrn wenden Sie sich. *ihn nach dem Marinelli weisend*

Etwa: Auch das noch!

MARINELLI *indem er ihn erblicket, vor sich:* Nun vollends!* der Alte! –

ODOARDO Vergeben Sie, mein Herr, einem Vater, der in der äußersten Bestürzung ist, – daß er so unangemeldet hereintritt.

ORSINA Vater? *kehrt wieder um:* Der Emilia, ohne Zweifel. – Ha, willkommen!

in dieser Gegend

ODOARDO Ein Bedienter kam mir entgegen gesprengt, mit der Nachricht, daß hierherum* die Meinigen in Gefahr wären. Ich fliege herzu, und höre, daß der Graf Appiani verwundet worden; daß er nach der Stadt zurückgekehret; daß meine Frau und Tochter sich in das Schloß gerettet. – Wo sind sie, mein Herr? wo sind sie?

kein Übel

MARINELLI Sein Sie ruhig, Herr Oberster. Ihrer Gemahlin und Ihrer Tochter ist nichts Übels* widerfahren; den Schreck ausgenommen. Sie befinden sich beide wohl. Der Prinz ist bei ihnen. Ich gehe sogleich, Sie zu melden.

ODOARDO Warum melden? erst melden?

MARINELLI Aus Ursachen – von wegen – Von wegen des Prinzen. Sie wissen, Herr Oberster, wie Sie mit dem Prinzen stehen. Nicht auf dem freundschaftlichsten Fuße. So gnädig er sich gegen Ihre Gemahlin und Tochter bezeiget: – es sind Damen – Wird darum auch Ihr unvermuteter Anblick ihm gelegen sein?

ODOARDO Sie haben Recht, mein Herr; Sie haben Recht.

MARINELLI Aber, gnädige Gräfin, – kann ich vorher die Ehre haben, Sie nach Ihrem Wagen zu begleiten?

ORSINA Nicht doch, nicht doch.

MARINELLI *sie bei der Hand nicht unsanft ergreifend:* Erlauben Sie, daß ich meine Schuldigkeit beobachte*. –

meiner gesellschaftlichen Pflicht nachkomme

ORSINA Nur gemach! – Ich erlasse Sie deren, mein Herr. – ⌜Daß doch immer Ihres gleichen Höflichkeit zur Schuldigkeit machen; um was eigentlich ihre Schuldigkeit wäre, als die Nebensache betreiben zu dürfen!⌝ – Diesen würdigen Mann je eher je lieber zu melden, das ist Ihre Schuldigkeit.

MARINELLI Vergessen Sie, was Ihnen der Prinz selbst befohlen?

ORSINA Er komme, und befehle es mir noch einmal. Ich erwarte ihn.

MARINELLI *leise zu dem Obersten, den er bei Seite ziehet:* Mein Herr, ich muß Sie hier mit einer Dame lassen, die – der – mit deren Verstande – Sie verstehen mich. Ich sage Ihnen dieses, damit Sie wissen, was Sie auf ihre Reden zu geben haben, – deren sie oft sehr seltsame führet. Am besten, Sie lassen sich mit ihr nicht ins Wort*.

auf kein Gespräch ein

ODOARDO Recht wohl. – Eilen Sie nur, mein Herr.

Siebenter Auftritt.

Die Gräfin Orsina. Odoardo Galotti.

ORSINA *nach einigem Stillschweigen, unter welchem sie den Obersten mit Mitleid betrachtet; so wie er sie, mit einer flüchtigen Neugierde:* Was er Ihnen auch da gesagt hat, unglücklicher Mann! –

ODOARDO *halb vor sich, halb gegen sie:* Unglücklicher?

ORSINA Eine Wahrheit war es gewiß nicht; – am wenigsten eine von denen, die auf Sie warten.

ODOARDO Auf mich warten? – Weiß ich nicht schon genug? – Madame! – Aber, reden Sie nur, reden Sie nur.

ORSINA Sie wissen nichts.

ODOARDO Nichts?

Hier: wenn

ORSINA Guter, lieber Vater! – Was gäbe ich darum, wann* Sie auch mein Vater wären! – Verzeihen Sie! die Unglücklichen ketten sich so gern an einander. – Ich wollte treulich Schmerz und Wut mit Ihnen teilen.

ODOARDO Schmerz und Wut? Madame! – Aber ich vergesse – Reden Sie nur.

ORSINA Wenn es gar Ihre einzige Tochter – Ihr einziges Kind wäre! – Zwar einzig, oder nicht. Das unglückliche Kind, ist immer das einzige.

ODOARDO Das unglückliche? – Madame! – Was will ich von ihr? – Doch, bei Gott, so spricht keine ⌜Wahnwitzige⌝!

vielleicht

ORSINA Wahnwitzige? Das war es also, was er Ihnen von mir vertraute? – Nun, nun; es mag leicht* keine von seinen gröbsten Lügen sein. – Ich fühle so was! – Und glauben Sie, glauben Sie mir: ⌜wer über gewisse Dinge den Verstand nicht verlieret, der hat keinen zu verlieren⌝. –

ODOARDO Was soll ich denken?

ORSINA Daß Sie mich also ja nicht verachten! – Denn auch Sie haben Verstand, guter Alter; auch Sie. – Ich seh' es an dieser entschlossenen, ehrwürdigen Miene. Auch Sie haben Verstand; und es kostet mich ein Wort, – so haben Sie keinen.

gewöhnliche

ODOARDO Madame! – Madame! – Ich habe schon keinen mehr, noch ehe Sie mir dieses Wort sagen, wenn Sie mir es nicht bald sagen. – Sagen Sie es! sagen Sie es! – Oder es ist nicht wahr, – es ist nicht wahr, ⌜daß Sie von jener guten, unsers Mitleids, unserer Hochachtung so würdigen Gattung der Wahnwitzigen sind⌝ – Sie sind eine gemeine* Törin. Sie haben nicht, was Sie nie hatten.

ORSINA So merken Sie auf! – Was wissen Sie, der Sie schon genug wissen wollen? Daß Appiani verwundet worden? Nur verwundet? – Appiani ist tot!

Absprache

ODOARDO Tot? tot? – Ha, Frau, das ist wider die Abrede*. Sie wollten mich um den Verstand bringen: und Sie brechen mir das Herz.

ORSINA Das beiher*! – Nur weiter. – Der Bräutigam ist tot: und die Braut – Ihre Tochter – schlimmer als tot.

nebenbei

ODOARDO Schlimmer? Schlimmer als tot? – Aber doch zugleich, auch tot? – Denn ich kenne nur Ein Schlimmeres –

ORSINA Nicht zugleich auch tot. Nein, guter Vater, nein! – Sie lebt, sie lebt. Sie wird nun erst recht anfangen zu leben. – Ein Leben voll Wonne! Das schönste, lustigste Schlaraffenleben*, – so lang' es dauert.

Leben voller Muße und Genuss

ODOARDO Das Wort, Madame; das einzige Wort, das mich um den Verstand bringen soll! heraus damit! – Schütten Sie nicht Ihren Tropfen Gift in einen Eimer. – Das einzige Wort! geschwind.

ORSINA Nun da; buchstabieren Sie es zusammen! – Des Morgens, sprach der Prinz Ihre Tochter in der Messe; des Nachmittags, hat er sie auf seinem Lust – Lustschlosse.

ODOARDO Sprach sie in der Messe? Der Prinz meine Tochter?

ORSINA Mit einer Vertraulichkeit! mit einer ⌜Inbrunst⌝! – Sie hatten nichts Kleines abzureden. Und recht gut, wenn es abgeredet worden; recht gut, wenn Ihre Tochter freiwillig sich hierher gerettet! Sehen Sie: so ist es doch keine gewaltsame Entführung; sondern bloß ein kleiner – kleiner Meuchelmord.

ODOARDO Verleumdung! verdammte Verleumdung! Ich kenne meine Tochter. Ist es Meuchelmord: so ist es auch Entführung. – *blickt wild um sich, und stampft, und schäumet*:* Nun, Claudia? Nun, Mütterchen? – Haben wir nicht Freude erlebt! O des gnädigen Prinzen! O der ganz besondern Ehre!

schäumt vor Wut, tobt

ORSINA Wirkt es, Alter! wirkt es?

ODOARDO Da steh' ich nun vor der Höhle des Räubers – *indem er den Rock von beiden Seiten aus einander schlägt, und sich ohne Gewehr* sieht:* Wunder, daß ich aus Eilfertigkeit nicht auch die Hände zurück gelassen! –

Hier allgemeiner: Waffe

Taschen an Kleidungsstücken

an alle Schubsäcke fühlend, als etwas suchend:* Nichts! gar nichts! nirgends!

ORSINA Ha, ich verstehe! – Damit kann ich aushelfen! – Ich hab' einen mitgebracht. *einen Dolch hervorziehend:* Da nehmen Sie! Nehmen Sie geschwind, eh uns jemand sieht. – Auch hätte ich noch etwas, – Gift. Aber Gift ist nur für uns Weiber; nicht für Männer. – Nehmen Sie ihn! *ihm den Dolch aufdringend:* Nehmen Sie!

ODOARDO Ich danke, ich danke. – Liebes Kind, wer wieder sagt, daß du eine Närrin bist, der hat es mit mir zu tun.

ORSINA Stecken Sie bei Seite! geschwind bei Seite! – Mir wird die Gelegenheit versagt, Gebrauch davon zu machen. Ihnen wird sie nicht fehlen, diese Gelegenheit: und Sie werden sie ergreifen, die erste, die beste, – wenn Sie ein Mann sind. – Ich, ich bin nur ein Weib: aber so kam ich her! fest entschlossen! – Wir, Alter, wir können uns alles vertrauen. Denn wir sind beide beleidiget; von dem nemlichen Verführer beleidiget. – Ah, wenn Sie wüßten, – wenn Sie wüßten, wie überschwenglich, wie unaussprechlich, wie unbegreiflich ich von ihm beleidiget worden, und noch werde: – Sie könnten, Sie würden Ihre eigene Beleidigung darüber vergessen. – Kennen Sie mich? Ich bin Orsina; die betrogene, verlassene Orsina. – Zwar vielleicht nur um Ihre Tochter* verlassen. – Doch was kann Ihre Tochter dafür? – Bald wird auch sie verlassen sein. – Und dann wieder eine! – Und wieder eine! – Ha! *wie in der Entzückung*:* welch eine himmlische Phantasie*! Wann* wir einmal alle, – wir, das ganze Heer der Verlassenen, – wir alle in ⌜Bacchantinnen⌝, in ⌜Furien⌝ verwandelt, wenn wir alle ihn unter uns hätten, ihn unter uns zerrissen, zerfleischten, sein Eingeweide durchwühlten, – um das Herz zu finden, das der Verräter einer jeden versprach, und keiner gab! Ha! das sollte ein Tanz werden! das sollte!

wegen Ihrer Tochter

Ekstase

Vorstellung

Hier: Wenn

Achter Auftritt.

Claudia Galotti. Die Vorigen.

CLAUDIA *die im Hereintreten sich umsiehet, und sobald sie ihren Gemahl erblickt, auf ihn zuflieget:* Erraten! – Ah, unser Beschützer, unser Retter! Bist du da, Odoardo? Bist du da? – Aus ihren Wispern, aus ihren Mienen schloß ich es. – Was soll ich dir sagen, wenn du noch nichts weißt? – Was soll ich dir sagen, wenn du schon alles weißt? – Aber wir sind unschuldig. Ich bin unschuldig. Deine Tochter ist unschuldig. Unschuldig, in allem unschuldig!

ODOARDO *der sich bei Erblickung seiner Gemahlin zu fassen gesucht:* Gut, gut. Sei nur ruhig, nur ruhig, – und antworte mir. *gegen die Orsina:* Nicht Madame, als ob ich noch zweifelte – Ist der Graf tot?

CLAUDIA Tot.

ODOARDO Ist es wahr, daß der Prinz heute Morgen Emilien in der Messe gesprochen?

CLAUDIA Wahr. Aber wenn du wüßtest, welchen Schreck es ihr verursacht; in welcher Bestürzung sie nach Hause kam –

ORSINA Nun, hab' ich gelogen?

ODOARDO *mit einem bittern Lachen:* Ich wollt' auch nicht, Sie hätten! Um wie vieles nicht!

ORSINA Bin ich wahnwitzig?

ODOARDO *wild hin und her gehend:* O, – noch bin ich es auch nicht.

CLAUDIA Du gebotest mir ruhig zu sein; und ich bin ruhig. – Bester Mann, darf auch ich – ich dich bitten –

ODOARDO Was willst du? Bin ich nicht ruhig? Kann man ruhiger sein, als ich bin? – *sich zwingend:* Weiß es Emilia, daß Appiani tot ist?

CLAUDIA Wissen kann sie es nicht. Aber ich fürchte, daß sie es argwohnet; weil er nicht erscheinet. –

ODOARDO Und sie jammert und winselt –

CLAUDIA Nicht mehr. – Das ist vorbei: nach ihrer Art, die du kennest. Sie ist die Furchtsamste und Entschlossenste unsers Geschlechts. Ihrer ersten Eindrücke nie mächtig; aber nach der geringsten Überlegung, in alles sich findend*, auf alles gefaßt. Sie hält den Prinzen in einer Entfernung; sie spricht mit ihm in einem Tone – Mache nur, Odoardo, daß wir wegkommen.

sich fügend, sich abfindend

ODOARDO Ich bin zu Pferde. – Was zu tun? – Doch, Madame, Sie fahren ja nach der Stadt zurück?

ORSINA Nicht anders.

ODOARDO Hätten Sie wohl die Gewogenheit, meine Frau mit sich zu nehmen?

ORSINA Warum nicht? Sehr gern.

ODOARDO Claudia, – *ihr die Gräfin bekannt machend:* Die Gräfin Orsina; eine Dame von großem Verstande; meine Freundin, meine Wohltäterin. – Du mußt mit ihr herein; um uns sogleich den Wagen heraus zu schicken. Emilia darf nicht wieder nach Guastalla. Sie soll mit mir.

CLAUDIA Aber – wenn nur – Ich trenne mich ungern von dem Kinde.

ODOARDO Bleibt der Vater nicht in der Nähe? Man wird ihn endlich doch vorlassen. Keine Einwendung! – Kommen Sie, gnädige Frau. *leise zu ihr:* Sie werden von mir hören. – Komm, Claudia. *er führt sie ab.*

Fünfter Aufzug.

Die Scene bleibt.

Erster Auftritt.

Marinelli. Der Prinz.

MARINELLI Hier, gnädiger Herr, aus diesem Fenster können Sie ihn sehen. Er geht die ⌜Arkade⌝ auf und nieder. – Eben biegt er ein; er kömmt. – Nein, er kehrt wieder um. – Ganz einig ist er mit sich noch nicht. Aber um ein großes ruhiger ist er, – oder scheinet er. Für uns gleich viel! – Natürlich! Was ihm auch beide Weiber in den Kopf gesetzt haben, wird er es wagen zu äußern? – Wie Battista gehört, soll ihm seine Frau den Wagen sogleich heraus senden. Denn er kam zu Pferde. – Geben Sie Acht, wenn er nun vor Ihnen erscheinet, wird er ganz untertänigst Eurer Durchlaucht* für den gnädigen Schutz danken, den seine Familie bei diesem so traurigen Zufalle* hier gefunden; wird sich, mit samt seiner Tochter, zu fernerer Gnade empfehlen; wird sie ruhig nach der Stadt bringen, und es in tiefster Unterwerfung erwarten, welchen weitern Anteil Euer Durchlaucht an seinem unglücklichen, lieben Mädchen zu nehmen geruhen wollen.

Fürstliche Anrede

Zwischenfall

DER PRINZ Wenn er nun aber so zahm nicht ist? Und schwerlich, schwerlich wird er es sein. Ich kenne ihn zu gut. – Wenn er höchstens seinen Argwohn erstickt, seine Wut verbeißt: aber Emilien, anstatt sie nach der Stadt zu führen, mit sich nimmt? bei sich behält? oder wohl gar in ein Kloster, außer meinem Gebiete, verschließt? Wie dann?

MARINELLI Die fürchtende Liebe sieht weit. Wahrlich! – Aber er wird ja nicht –

DER PRINZ Wenn er nun aber! Wie dann? Was wird es uns dann helfen, daß der unglückliche Graf sein Leben darüber verloren?

MARINELLI Wozu dieser traurige Seitenblick? Vorwärts! denkt der Sieger: es falle neben ihm Feind oder Freund. – Und wenn auch! Wenn er es auch wollte, der alte ⌜Neidhart⌝, was Sie von ihm fürchten, Prinz: – *überlegend:* Das geht! Ich hab' es! – Weiter als zum Wollen, soll er es gewiß nicht bringen. Gewiß nicht! – Aber daß wir ihn nicht aus dem Gesichte* verlieren. – *tritt wieder ans Fenster:* Bald hätt' er uns überrascht! Er kömmt. – Lassen Sie uns ihm noch ausweichen: und hören Sie erst, Prinz, was wir auf den zu befürchtenden Fall tun müssen.

aus dem Blick

DER PRINZ ⌜*drohend:* Nur, Marinelli⌝! –

MARINELLI Das unschuldigste von der Welt!

Zweiter Auftritt.

Odoardo Galotti.

Noch niemand hier? – Gut; ich soll noch kälter* werden. Es ist mein Glück. – Nichts verächtlicher, als ein brausender Jünglingskopf mit grauen Haaren! Ich hab' es mir so oft gesagt. Und doch ließ ich mich fortreißen: und von wem? Von einer Eifersüchtigen; von einer für* Eifersucht Wahnwitzigen. – Was hat die ⌜gekränkte Tugend⌝ mit der Rache des Lasters zu schaffen? Jene allein hab' ich zu retten. – Und deine Sache, – mein Sohn! mein Sohn! – Weinen konnt' ich nie; – und will es nun nicht erst lernen – ⌜Deine Sache wird ein ganz Anderer zu seiner machen!⌝ Genug für mich, wenn dein Mörder die Frucht seines Verbrechens nicht genießt. – Dies martere ihn mehr, als das Verbrechen! Wenn nun bald ihn Sättigung und Ekel von Lüsten zu Lüsten treiben; so vergälle* die Erinnerung, diese eine Lust nicht gebüßet* zu haben, ihm den Genuß aller! In jedem

Hier: ruhiger, überlegter

Hier: vor

verderbe

befriedigt

Traume führe der blutige Bräutigam ihm die Braut vor das Bette; und wann* er dennoch den wollüstigen Arm nach ihr ausstreckt: so höre er plötzlich das ⌜Hohngelächter der Hölle⌝, und erwache!

Hier: wenn

Dritter Auftritt.

Marinelli. Odoardo Galotti.

MARINELLI Wo blieben Sie, mein Herr? wo blieben Sie?

ODOARDO War meine Tochter hier?

MARINELLI Nicht sie: aber der Prinz.

ODOARDO Er verzeihe. – Ich habe die Gräfin begleitet.

MARINELLI Nun?

ODOARDO Die gute Dame!

MARINELLI Und Ihre Gemahlin?

ODOARDO Ist mit der Gräfin; – um uns den Wagen sogleich heraus zu senden. Der Prinz vergönne nur, daß ich mich so lange mit meiner Tochter noch hier verweile*.

bleibe

MARINELLI Wozu diese Umstände? Würde sich der Prinz nicht ein Vergnügen daraus gemacht haben, sie beide, Mutter und Tochter, selbst nach der Stadt zu bringen?

ODOARDO Die Tochter wenigstens würde diese Ehre haben verbitten müssen.

MARINELLI Wie so?

ODOARDO Sie soll nicht mehr nach Guastalla.

MARINELLI Nicht? und warum nicht?

ODOARDO Der Graf ist tot.

MARINELLI Um so viel mehr –

ODOARDO Sie soll mit mir.

MARINELLI Mit Ihnen?

ODOARDO Mit mir. Ich sage Ihnen ja, der Graf ist tot. – Wenn Sie es noch nicht wissen – Was hat sie nun weiter in Guastalla zu tun? – Sie soll mit mir.

MARINELLI Allerdings wird der künftige Aufenthalt der

abhängen: abhängen

vors erste: fürs Erste, zunächst

Tochter einzig von dem Willen des Vaters abhangen*. Nur vors erste* –

ODOARDO Was vors erste?

MARINELLI Werden Sie wohl erlauben müssen, Herr Oberster, daß sie nach Guastalla gebracht wird.

ODOARDO Meine Tochter? nach Guastalla gebracht wird? und warum?

MARINELLI Warum? Erwägen Sie doch nur –

ODOARDO *hitzig:* Erwägen! erwägen! Ich erwäge, daß hier nichts zu erwägen ist. – Sie soll, sie muß mit mir.

MARINELLI O mein Herr, – was brauchen wir, uns hierüber zu ereifern? Es kann sein, daß ich mich irre; daß es nicht nötig ist, was ich für nötig halte. – Der Prinz wird es am besten zu beurteilen wissen. Der Prinz entscheide. – Ich geh' und hole ihn.

Vierter Auftritt.

Odoardo Galotti.

plaudert: schwätzt

Hofschranze: (abwertend) Höfling

Wie? – Nimmermehr! – Mir vorschreiben, wo sie hin soll? – Mir sie vorenthalten? – ⌜Wer will das? Wer darf das? – Der hier alles darf, was er will? Gut, gut; so soll er sehen, wie viel auch ich darf, ob ich es schon nicht dürfte!⌝ Kurzsichtiger Wüterich! Mit dir will ich es wohl aufnehmen. Wer kein Gesetz achtet, ist eben so mächtig, als ⌜wer kein Gesetz hat⌝. Das weißt du nicht? Komm an! komm an! – Aber, sieh da! Schon wieder; schon wieder rennet der Zorn mit dem Verstande davon. – Was will ich? Erst müßt' es doch geschehen sein, worüber ich tobe. Was plaudert* nicht eine Hofschranze*! Und hätte ich ihn doch nur plaudern lassen! Hätte ich seinen Vorwand, warum sie wieder nach Guastalla soll, doch nur angehört! – So könnte ich mich itzt auf eine Antwort gefaßt machen. – Zwar auf welchen kann mir eine fehlen? – Sollte sie mir aber fehlen; sollte sie – Man kömmt. Ruhig, alter Knabe, ruhig!

Fünfter Auftritt.

Der Prinz. Marinelli. Odoardo Galotti.

DER PRINZ Ah, mein lieber, rechtschaffner Galotti, – so etwas muß auch geschehen, wenn ich Sie bei mir sehen soll. Um ein Geringeres tun Sie es nicht. Doch keine Vorwürfe!

ODOARDO Gnädiger Herr, ich halte es in allen Fällen für unanständig*, sich zu seinem Fürsten zu drängen. Wen er kennt, den wird er fodern* lassen, wenn er seiner bedarf. Selbst itzt bitte ich um Verzeihung –

ungehörig, unangemessen

auffordern, vorladen

DER PRINZ Wie manchem andern wollte ich diese stolze Bescheidenheit wünschen! – Doch zur Sache. Sie werden begierig sein, Ihre Tochter zu sehen. Sie ist in neuer Unruhe, wegen der plötzlichen Entfernung einer so zärtlichen Mutter. – Wozu auch diese Entfernung? Ich wartete nur, daß die liebenswürdige Emilie sich völlig erholet hätte, um beide im Triumphe nach der Stadt zu bringen. Sie haben mir diesen Triumph um die Hälfte verkümmert*; aber ganz werde ich mir ihn nicht nehmen lassen.

verringert

ODOARDO Zu viel Gnade! – Erlauben Sie, Prinz, daß ich meinem unglücklichen Kinde alle die mannichfaltigen Kränkungen erspare, die Freund und Feind, Mitleid und Schadenfreude in Guastalla für sie bereit halten.

DER PRINZ Um die süßen Kränkungen des Freundes und des Mitleids, würde es Grausamkeit sein, sie zu bringen. Daß aber die Kränkungen des Feindes und der Schadenfreude sie nicht erreichen sollen; dafür, lieber Galotti, lassen Sie mich sorgen.

ODOARDO Prinz, die väterliche Liebe teilet ihre Sorgen nicht gern. – Ich denke, ich weiß es, was meiner Tochter in ihren itzigen Umständen einzig ziemet*. – Entfernung aus der Welt; – ein Kloster, – sobald als möglich.

gebührt, zusteht

DER PRINZ Ein Kloster?

ODOARDO Bis dahin weine sie unter den Augen ihres Vaters.

DER PRINZ So viel Schönheit soll in einem Kloster verblühen? – Darf eine einzige fehlgeschlagene Hoffnung uns gegen die Welt so unversöhnlich machen? – Doch allerdings: dem Vater hat niemand einzureden. Bringen Sie Ihre Tochter, Galotti, wohin Sie wollen.

zu ODOARDO *gegen* Marinelli:* Nun, mein Herr?

MARINELLI Wenn Sie mich so gar auffodern! –

keineswegs ODOARDO O mit nichten*, mit nichten.

DER PRINZ Was haben Sie beide?

ODOARDO Nichts, gnädiger Herr, nichts. – Wir erwägen bloß, welcher von uns sich in Ihnen geirret hat.

DER PRINZ Wie so? – Reden Sie, Marinelli.

MARINELLI Es geht mir nahe, der Gnade meines Fürsten in den Weg zu treten. Doch wenn die Freundschaft gebietet, vor allem in ihm den Richter aufzufodern –

DER PRINZ Welche Freundschaft? –

MARINELLI Sie wissen, gnädiger Herr, wie sehr ich den Grafen Appiani liebte; wie sehr unser beider Seelen in einander verwebt schienen –

ODOARDO Das wissen Sie, Prinz? So wissen Sie es wahrlich allein.

ernannt MARINELLI Von ihm selbst zu seinem Rächer bestellet* –

ODOARDO Sie?

MARINELLI Fragen Sie nur Ihre Gemahlin. Marinelli, der Name Marinelli war das letzte Wort des sterbenden Grafen: und in einem Tone! in einem Tone! – Daß er mir nie aus dem Gehöre komme dieser schreckliche Ton, wenn ich nicht alles anwende, daß seine Mörder entdeckt und bestraft werden!

DER PRINZ Rechnen Sie auf meine kräftigste Mitwirkung.

ODOARDO Und meine heißesten Wünsche! – Gut, gut! – Aber was weiter?

DER PRINZ Das frag' ich, Marinelli.

MARINELLI Man hat Verdacht, daß es nicht Räuber gewesen, welche den Grafen angefallen.

ODOARDO *höhnisch:* Nicht? wirklich nicht?

MARINELLI Daß ein ⌜Nebenbuhler⌝ ihn aus dem Wege räumen lassen.

ODOARDO *bitter:* Ei! ein Nebenbuhler?

MARINELLI Nicht anders.

ODOARDO Nun dann, – Gott verdamm' ihn den meuchelmörderschen Buben*!

heimtückischen Schurken

MARINELLI Ein Nebenbuhler, und ein begünstigter Nebenbuhler –

ODOARDO Was? ein begünstigter? – Was sagen Sie?

MARINELLI Nichts, als was das Gerüchte verbreitet.

ODOARDO Ein begünstigter? von meiner Tochter begünstiget?

MARINELLI Das ist gewiß nicht. Das kann nicht sein. Dem widersprech' ich, trotz Ihnen*. – Aber bei dem allen, gnädiger Herr, – Denn das ⌜gegründetste Vorurteil⌝ wieget auf der Waage der Gerechtigkeit so viel als nichts – bei dem allen wird man doch nicht umhin können, die schöne Unglückliche darüber zu vernehmen.

genauso wie Sie

DER PRINZ Ja wohl, allerdings.

MARINELLI Und wo anders? wo kann das anders geschehen, als in Guastalla?

DER PRINZ Da haben Sie Recht, Marinelli; da haben Sie Recht. – Ja so: das verändert die Sache, lieber Galotti. Nicht wahr? Sie sehen selbst –

ODOARDO O ja, ich sehe – Ich sehe, was ich sehe. – Gott! Gott!

DER PRINZ Was ist Ihnen? was haben Sie mit sich?

ODOARDO Daß ich es nicht vorausgesehen, was ich da sehe. Das ärgert mich: weiter nichts. – Nun ja; sie soll wieder nach Guastalla. Ich will sie wieder zu ihrer Mutter bringen: und bis die strengste Untersuchung sie frei gesprochen, will ich selbst aus Guastalla nicht weichen.

Denn wer weiß, – *mit einem bittern Lachen:* wer weiß, ob die Gerechtigkeit nicht auch nötig findet, mich zu vernehmen.

MARINELLI Sehr möglich! In solchen Fällen tut die Gerechtigkeit lieber zu viel, als zu wenig. – Daher fürchte ich sogar –

DER PRINZ Was? was fürchten Sie?

zulassen, gestatten

MARINELLI Man werde vor der Hand nicht verstatten* können, daß Mutter und Tochter sich sprechen.

ODOARDO Sich nicht sprechen?

MARINELLI Man werde genötiget sein, Mutter und Tochter zu trennen.

ODOARDO Mutter und Tochter zu trennen?

MARINELLI Mutter und Tochter und Vater. Die Form des Verhörs erfodert diese Vorsichtigkeit schlechterdings. Und es tut mir leid, gnädiger Herr, daß ich mich gezwungen sehe, ausdrücklich darauf anzutragen*, wenigstens Emilien in eine besondere Verwahrung zu bringen.

darauf zu dringen

ODOARDO Besondere Verwahrung? – Prinz! Prinz! – Doch ja; freilich, freilich! Ganz recht: in eine besondere Verwahrung! Nicht, Prinz? nicht? – O wie fein* die Gerechtigkeit ist! Vortrefflich! *fährt schnell nach dem Schubsacke, in welchem er den Dolch hat*

Hier: feinmaschig, exakt

DER PRINZ *schmeichelhaft* auf ihn zutretend:* Fassen Sie sich, lieber Galotti –

Hier: einschmeichelnd

ODOARDO *bei Seite, indem er die Hand leer wieder heraus zieht:* Das sprach sein Engel!

DER PRINZ Sie sind irrig*; Sie verstehen ihn nicht. Sie denken bei dem Worte Verwahrung, wohl gar an Gefängnis und Kerker.

Sie irren sich

ODOARDO Lassen Sie mich daran denken: und ich bin ruhig!

DER PRINZ Kein Wort von Gefängnis, Marinelli! Hier ist die Strenge der Gesetze mit der Achtung gegen unbescholtene Tugend leicht zu vereinigen. Wenn Emilia in besondere Verwahrung gebracht werden muß: so weiß ich schon – die alleranständigste*. Das Haus meines Kanzlers – Keinen Widerspruch, Marinelli! – Da will ich sie selbst hinbringen, da will ich sie der Aufsicht einer der würdigsten* Damen übergeben. Die soll mir für sie bürgen, haften. – Sie gehen zu weit, Marinelli, wirklich zu weit, wenn Sie mehr verlangen. – Sie kennen doch, Galotti, meinen Kanzler Grimaldi, und seine Gemahlin?

angemessenste

angesehensten

ODOARDO Was sollt' ich nicht? Sogar die liebenswürdigen Töchter dieses edeln Paares kenn' ich. Wer kennt sie nicht? – *zu Marinelli:* Nein, mein Herr, geben Sie das nicht zu. Wenn Emilia verwahrt werden muß: so müßte sie in den tiefsten Kerker verwahret werden. Dringen Sie darauf; ich bitte Sie. – Ich Tor, mit meiner Bitte! ich alter Geck*! – Ja wohl hat sie Recht die gute ⌜Sibylle⌝: Wer über gewisse Dinge seinen Verstand nicht verlieret, der hat keinen zu verlieren!

Narr

DER PRINZ Ich verstehe Sie nicht. – Lieber Galotti, was kann ich mehr tun? – Lassen Sie es dabei: ich bitte Sie. – Ja, ja, in das Haus meines Kanzlers! da soll sie hin; da bring' ich sie selbst hin; und wenn ihr da nicht mit der äußersten Achtung begegnet wird, so hat mein Wort nichts gegolten. Aber sorgen Sie nicht. – Dabei bleibt es! dabei bleibt es! – Sie selbst, Galotti, mit sich, können es halten, wie Sie wollen. Sie können uns nach Guastalla folgen; Sie können nach Sabionetta zurückkehren: wie Sie wollen. Es wäre lächerlich, Ihnen vorzuschreiben. – Und nun, auf Wiedersehen, lieber Galotti! – Kommen Sie, Marinelli: es wird spät.

ODOARDO *der in tiefen Gedanken gestanden:* Wie? so soll ich sie gar nicht sprechen meine Tochter? Auch hier nicht? – Ich lasse mir alles gefallen; ich finde ja alles ganz vortrefflich. Das Haus eines Kanzlers ist natürlicher Weise eine Freistatt* der Tugend. O, gnädiger Herr, bringen Sie ja meine Tochter dahin; nirgends anders als

Zufluchtsort

dahin. – Aber sprechen wollt' ich sie doch gerne vorher. Der Tod des Grafen ist ihr noch unbekannt. Sie wird nicht begreifen können, warum man sie von ihren Eltern trennet. Ihr jenen auf gute Art beizubringen; sie dieser Trennung wegen zu beruhigen: – muß ich sie sprechen, gnädiger Herr, muß ich sie sprechen.

DER PRINZ So kommen Sie denn –

ODOARDO O, die Tochter kann auch wohl zu dem Vater kommen. – Hier, unter vier Augen, bin ich gleich mit ihr fertig. Senden Sie mir sie nur, gnädiger Herr.

DER PRINZ Auch das! – O Galotti, wenn Sie mein Freund, mein Führer, mein Vater sein wollten! *der Prinz und Marinelli gehen ab.*

Sechster Auftritt.

Odoardo Galotti.

Ihm nachsehend; nach einer Pause: Warum nicht? – Herzlich gern – Ha! ha! ha! – *blickt wild umher:* ⌜Wer lacht da?⌝ – Bei Gott, ich glaub', ich war es selbst. – Schon recht! Lustig, lustig. Das Spiel geht zu Ende. So, oder so! – Aber – *Pause* wenn sie mit ihm sich verstünde*? Wenn es das alltägliche ⌜Possenspiel⌝ wäre? Wenn sie es nicht wert wäre, was ich für sie tun will? – *Pause* Für sie tun will? Was will ich denn für sie tun? – Hab' ich das Herz, es mir zu sagen? – Da denk' ich so was: So was, was sich nur denken läßt. – Gräßlich! Fort, fort! Ich will sie nicht erwarten. Nein! – *gegen den Himmel*:* Wer sie unschuldig in diesen Abgrund gestürzt hat, der ziehe sie wieder heraus. Was braucht er meine Hand dazu? Fort! *er will gehen, und sieht Emilien kommen:* Zu spät! Ah! er will meine Hand; er will sie!

verstündigt hätte

sich dem Himmel zuwendend

Siebenter Auftritt.

Emilia. Odoardo.

EMILIA Wie? Sie hier, mein Vater? – Und nur Sie? – Und meine Mutter? nicht hier? – Und der Graf? nicht hier? – Und Sie so unruhig, mein Vater?

ODOARDO Und du so ruhig, meine Tochter?

EMILIA Warum nicht, mein Vater? – Entweder ist nichts verloren: oder alles. Ruhig sein können, und ruhig sein müssen: kömmt es nicht auf eines?

ODOARDO Aber, was meinest du, daß der Fall ist?

EMILIA Daß alles verloren ist; – und daß wir wohl ruhig sein müssen, mein Vater.

ODOARDO Und du wärest ruhig, weil du ruhig sein mußt? – Wer bist du? Ein Mädchen? und meine Tochter? So sollte der Mann, und der Vater sich wohl vor dir schämen? – Aber laß doch hören: was nennest du, alles verloren? – daß der Graf tot ist?

EMILIA Und warum er tot ist! Warum! – Ha, so ist es wahr, mein Vater? So ist sie wahr die ganze schreckliche Geschichte, die ich in dem nassen und wilden Auge meiner Mutter las? – Wo ist meine Mutter? Wo ist sie hin, mein Vater?

ODOARDO Voraus; – wann wir anders ihr nachkommen.

EMILIA Je eher, je besser. Denn wenn der Graf tot ist; wenn er darum tot ist – darum! was verweilen wir noch hier? Lassen Sie uns fliehen, mein Vater!

ODOARDO Fliehen? – Was hätt' es dann für Not? – Du bist, du bleibst in den Händen deines Räubers.

EMILIA Ich bleibe in seinen Händen?

ODOARDO Und allein; ohne deine Mutter; ohne mich.

EMILIA Ich allein in seinen Händen? – Nimmermehr, mein Vater. – Oder Sie sind nicht mein Vater. – Ich allein in seinen Händen? – Gut, lassen Sie mich nur; lassen Sie mich nur. – Ich will doch sehn, wer mich hält, – wer mich zwingt, – wer der Mensch ist, der einen Menschen zwingen kann.

ODOARDO Ich meine, du bist ruhig, mein Kind.

EMILIA Das bin ich. Aber was nennen Sie ruhig sein? Die Hände in den Schoß legen? Leiden, was man nicht sollte? Dulden, was man nicht dürfte?

ODOARDO Ha! wenn du so denkest! – Laß dich umarmen, meine Tochter! – Ich hab' es immer gesagt: das Weib wollte die Natur zu ihrem Meisterstücke machen. Aber sie vergriff sich im Tone*; sie nahm ihn zu fein. Sonst ist alles besser an Euch, als an Uns. – Ha, wenn das deine Ruhe ist: so habe ich meine in ihr wiedergefunden! Laß dich umarmen, meine Tochter! – Denke nur: unter dem Vorwande einer gerichtlichen Untersuchung, – o des höllischen Gaukelspieles*! – reißt er dich aus unsern Armen, und bringt dich zu Grimaldi.

Hier: Stoff

trügerischen, falschen Spiels

EMILIA Reißt mich? bringt mich? – Will mich reißen; will mich bringen: will! will! – Als ob wir, wir keinen Willen hätten, mein Vater!

ODOARDO Ich ward auch so wütend, daß ich schon nach diesem Dolche griff, *ihn herausziehend:* um einem von beiden – beiden! – das Herz zu durchstoßen.

EMILIA Um des Himmels willen nicht, mein Vater! – Dieses Leben ist alles, was die Lasterhaften haben. – Mir, mein Vater, mir geben Sie diesen Dolch.

ODOARDO Kind, es ist keine Haarnadel.

EMILIA So werde die Haarnadel zum Dolche! – Gleichviel.

ODOARDO Was? Dahin wäre es gekommen? Nicht doch; nicht doch! Besinne dich. – Auch du hast nur Ein Leben zu verlieren.

EMILIA Und nur Eine Unschuld!

ODOARDO Die über alle Gewalt erhaben ist. –

EMILIA ⌜Aber nicht über alle Verführung. – Gewalt! Gewalt! wer kann der Gewalt nicht trotzen? Was Gewalt heißt, ist nichts: Verführung ist die wahre Gewalt. – Ich habe Blut, mein Vater; so jugendliches, so warmes Blut, als eine. Auch meine Sinne, sind Sinne. Ich stehe für nichts. Ich bin für nichts gut. Ich kenne das Haus der Grimaldi. Es ist das Haus der Freude. Eine Stunde da, unter den Augen meiner Mutter; – und es erhob sich so mancher Tumult in meiner Seele, den die strengsten Übungen der Religion kaum in Wochen besänftigen konnten!⌝ – Der Religion! Und welcher Religion? – ⌜Nichts Schlimmers zu vermeiden, sprangen Tausende in die Fluten, und sind Heilige!⌝ – Geben Sie mir, mein Vater, geben Sie mir diesen Dolch.

ODOARDO Und wenn du ihn kenntest diesen Dolch! –

EMILIA Wenn ich ihn auch nicht kenne! – Ein unbekannter Freund, ist auch ein Freund. – Geben Sie mir ihn, mein Vater; geben Sie mir ihn.

ODOARDO Wenn ich dir ihn nun gebe – da! *giebt ihr ihn*

EMILIA Und da! *im Begriffe sich damit zu durchstoßen, reißt der Vater ihr ihn wieder aus der Hand*

ODOARDO Sieh, wie rasch! – Nein, das ist nicht für deine Hand.

EMILIA Es ist wahr, mit einer Haarnadel soll ich – *sie fährt mit der Hand nach dem Haare, eine zu suchen, und bekommt die Rose zu fassen:* Du noch hier? – Herunter mit dir! Du gehörest nicht in das Haar Einer, – wie mein Vater will, daß ich werden soll!

ODOARDO O, meine Tochter! –

EMILIA O, mein Vater, wenn ich Sie erriete*! – Doch nein; das wollen Sie auch nicht. Warum zauderten Sie sonst? – *in einem bittern Tone, während daß sie die Rose zerpflückt:* ⌜Ehedem wohl gab es einen Vater, der seine Tochter von der Schande zu retten, ihr den ersten den besten Stahl in das Herz senkte – ihr zum zweiten das Leben gab. Aber alle solche Taten sind von ehedem! Solcher Väter giebt es keinen mehr!⌝

Ihre Absicht verstünde

ODOARDO Doch, meine Tochter, doch! *indem er sie*

durchsticht: Gott, was hab' ich getan! *sie will sinken, und er faßt sie in seine Arme*

EMILIA ⌜Eine Rose gebrochen, ehe der Sturm sie entblättert.⌝ – Lassen Sie mich sie küssen, diese väterliche Hand.

Achter Auftritt.

Der Prinz. Marinelli. Die Vorigen.

DER PRINZ *im Hereintreten:* Was ist das? – Ist Emilien nicht wohl?

ODOARDO Sehr wohl; sehr wohl!

DER PRINZ *indem er näher kömmt:* Was seh' ich? – Entsetzen!

MARINELLI Weh mir!

DER PRINZ Grausamer Vater, was haben Sie getan?

ODOARDO Eine Rose gebrochen, ehe der Sturm sie entblättert. – War es nicht so, meine Tochter?

EMILIA Nicht Sie, mein Vater – Ich selbst – ich selbst –

ODOARDO Nicht du, meine Tochter; – nicht du! – Gehe mit keiner Unwahrheit aus der Welt. Nicht du, meine Tochter! Dein Vater, dein unglücklicher Vater!

EMILIA Ah – mein Vater – *sie stirbt, und er legt sie sanft auf den Boden*

ODOARDO Zieh hin! – Nun da, Prinz! Gefällt sie Ihnen noch? Reizt sie noch Ihre Lüste? Noch, in diesem Blute, das wider Sie um Rache schreiet? *nach einer Pause:* Aber Sie erwarten, wo das alles hinaus soll? Sie erwarten vielleicht, daß ich den Stahl wider mich selbst kehren werde, um meine Tat wie eine schale* Tragödie zu beschließen? – Sie irren sich. Hier! *indem er ihm den Dolch vor die Füße wirft:* Hier liegt er, der blutige Zeuge meines Verbrechens! Ich gehe und liefere mich selbst in das Gefängnis. Ich gehe, und erwarte Sie, als Richter. – Und dann dort – ⌜erwarte ich Sie vor dem Richter unser aller⌝!

geschmacklose

DER PRINZ *nach einigem Stillschweigen, unter welchem er den Körper mit Entsetzen und Verzweiflung betrachtet, zu Marinelli:* Hier! heb' ihn auf. – Nun? Du bedenkst dich? – Elender! – *indem er ihm den Dolch aus der Hand reißt:* Nein, dein Blut soll mit diesem Blute sich nicht mischen. – Geh, dich auf ewig zu verbergen! – Geh! sag' ich. – Gott! Gott! – Ist es, zum Unglücke so mancher, nicht genug, daß Fürsten Menschen sind: müssen sich auch noch Teufel in ihren Freund verstellen?

Ende des Trauerspiels.

Kommentar

Zeittafel

1729 22.1.: Geburt Gotthold Ephraim Lessings in Kamenz (Lausitz) als Sohn des Pfarrers Johann Gottfried Lessing (1693–1770) und seiner Frau Justine Salomone, geb. Feller (1703–1777).

1741 Aufnahme in die Fürstenschule St. Afra in Meißen, wo Lessing ein Jahr später eine von der Familie von Carlowitz gestiftete Freistelle erhält.

1746 Immatrikulation als Student der Theologie in Leipzig.

1747 Beginn der Mitarbeit Lessings an den *Ermunterungen zum Vergnügen des Gemüths* und der Wochenschrift *Der Naturforscher*. Lustspiel: *Damon oder die wahre Freundschaft*.

1748 Wechsel zum Medizinstudium; Immatrikulation in Wittenberg. Lustspiele: *Der junge Gelehrte*, *Der Misogyne*, *Die alte Jungfer*.

1749 Wechsel nach Berlin. Lustspiele: *Die Juden*, *Der Freigeist*. Fragment: *Samuel Henzi*.

1750 Beginn der Mitarbeit an der *Berlinischen privilegierten Zeitung*. Zusammen mit Johann Christlob Mylius (1722–1754) Herausgabe der *Beyträge zur Historie und Aufnahme des Theaters*. Lustspiel: *Der Schatz*. Außerdem: *Abhandlung von dem Leben, und den Werken des Marcus Accius Plautus*; Kritik über die *Gefangenen des Plautus*, *Gedanken über die Herrenhuter*.

1751 *Kleinigkeiten* (erste Gedichtsammlung); Lessing wird Redakteur des *Gelehrten Artikels* der *Berlinischen privilegierten Zeitung* in der Nachfolge von Mylius und gibt die Monatsbeilage *Das Neueste aus dem Reich des Witzes* heraus.
Umzug nach Wittenberg.

1752 Promotion zum Magister der Freien Künste mit einer Arbeit über Juan Huarte (1529–1588). Rückkehr nach Berlin.

1753 *G. E. Lessings Schrifften. Erster und Zweiter Theil* erscheint; *Das Christentum der Vernunft*.

1754 Teil 3 und 4 der *Schrifften* erscheinen; *Theatralische Bibliothek* (Stück 1 und Ergänzungen); *Rettung des Hier. Cardanus; Rettung des ›Inepti Religiosi‹ und seines ungenannten Verfassers; Rettung des Horaz; Ein Vademecum für den Hrn. Sam. Gottl. Lange.* Beginn der Freundschaft mit Moses Mendelssohn (1729–1786).

1755 Teil 5 und 6 der *Schrifften* erscheinen (in Teil 6: *Miß Sara Sampson. Ein bürgerliches Trauerspiel*, Erstaufführung am 10.7. in Frankfurt an der Oder durch die Schauspieltruppe von Ackermann); *Theatralische Bibliothek* (2. und 3. Stück). Bekanntschaft mit Johann Wilhelm Ludwig Gleim (1719–1803); im Oktober Wegzug nach Leipzig.

1756 Reisen als Begleiter des Kaufmanns Christian Gottfried Winkler: Leipzig, Dresden, Kamenz, Amsterdam – Abbruch der Reise im September wegen des Ausbruchs des Siebenjährigen Krieges. Rückkehr nach Leipzig. Beginn des Briefwechsels mit Friedrich Nicolai (1733–1811) und Moses Mendelssohn über das Trauerspiel.

1757 Beginn der Mitarbeit an Nicolais *Bibliothek der schönen Wissenschaften und Künste* (bis 1760); Übersetzungen aus dem Englischen (Hutcheson u. a.).

1758 Rückkehr nach Berlin (im Mai); *Theatralische Bibliothek*, 4. Stück und Ergänzung; Bekanntschaft mit General Friedrich Bogislaw von Tauentzien (1710–1791).

1759 Mitarbeit an Friedrich Nicolais Literaturorgan *Briefe, die neueste Literatur betreffend*, Teil 1–4; Herausgabe von Friedrich Logaus (1604–1655) *Sinngedichten* (zusammen mit Karl Wilhelm Ramler); *Fabeln; Abhandlung über die Fabel; Über den Äsopus; Über den Phäder; Philotas. Ein Trauerspiel; Faust* (Fragment).

1760 *Briefe, die neueste Literatur betreffend*, Teil 5–7; Übersetzung von Denis Diderots (1713–1784) Stücken unter dem Titel *Das Theater des Herrn Diderot* (*Der Hausvater, Der natürliche Sohn; Von der dramatischen Dichtkunst*). Lessing verlässt im November Berlin und wird Gouvernementssekretär beim General von Tauentzien im von Preußen besetzten Breslau.

1761 *Zerstreute Anmerkungen über das Epigramm.*

1764 Lessing erkrankt schwer, so dass er im November aus dem Dienst als Gouvernementssekretär ausscheidet; Suche nach einer neuen Anstellung. Beginn der Arbeit an der *Minna von Barnhelm.*

1765 Bewerbung um den Posten eines Bibliothekars an der königlichen Bibliothek in Berlin.

1766 *Laokoon oder über die Grenzen der Mahlerey und Poesie.* Bekanntschaft mit Justus Möser (1720–1794) und Thomas Abbt (1738–1766).

1767 *Minna von Barnhelm oder das Soldatenglück* (Erstaufführung in Hamburg am 30.9.); *Die Matrone von Ephesus. Lustspiel.* Lessing arbeitet in Hamburg als künstlerischer Berater und Kritiker am Hamburgischen Nationaltheater; erstes Ergebnis dieser Arbeit ist: Band 1 der gemeinsam mit Johann Bock (1730–1793) herausgegebenen *Hamburgischen Dramaturgie.*

1768 *Briefe, antiquarischen Inhalts*, Teil 1. Tod von Hermann Samuel Reimarus (*1694).

1769 *Hamburgische Dramaturgie*, Band 2; *Briefe, antiquarischen Inhalts*, Teil 2; *Wie die Alten den Tod gebildet.* Aufenthalt in Braunschweig.

1770 Übernahme des Amtes als Bibliothekar an der herzoglichen Bibliothek in Wolfenbüttel; *Berengarius Turonensis*; Begegnung mit Johann Gottfried Herder (1744–1803) und Matthias Claudius (1740–1815).

1771 Verlobung mit Eva König (1738–1778). Mitglied der Hamburger Freimaurerloge. *Vermischte Schriften (Anmerkungen über das Epigramm und einige der vornehmsten Epigrammatisten; Sinngedichte; Lateinische Epigramme).*

1772 *Emilia Galotti. Trauerspiel* (Erstaufführung in Braunschweig zum Geburtstag der Herzogin am 13.3.).

1773 *Zur Geschichte und Litteratur. Aus den Schätzen der Herzoglichen Bibliothek zu Wolfenbüttel*, 1.und 2. Beitrag und Ergänzung.

1774 *Zur Geschichte und Litteratur ...*, 3. Beitrag (darin: *Von Adam Neusern, Von der Duldung der Deisten* als erstes der so genannten Reimarus-Fragmente) und Ergänzung.

1775 Abreise von Braunschweig nach Wien; dann ab 15.4. Beginn der italienischen Reise über Rom und Neapel als Begleiter des Prinzen Leopold von Braunschweig, Rückkehr Ende Dezember.

1776 Lessing in Wolfenbüttel; am 7.10. Hochzeit mit Eva König.

1777 *Zur Geschichte und Litteratur* ..., 4. Beitrag und Ergänzung mit Anhang (darin: *Die Erziehung des Menschengeschlechts, § 1–53*, *Gegensätze des Herausgebers* zu den Auszügen aus der Bibelkritik des Reimarus, und Herausgabe von 1–5 der *Fragmente eines Ungenannten*, *Über den Beweis des Geistes und der Kraft*, *Das Testament Johannis*).

1778 Am 10.1. stirbt Eva Lessing im Kindbett. *Eine Duplik*; Streitschriften gegen den Hamburger Pastor Johann Melchior Goeze (*Nötige Antwort*; *Eine Parabel*; *Axiomata*; *Anti-Goeze 1–11*); *Ernst und Falk (I-III)*. *Gespräche für Freymäurer*; *Neue Hypothese über die Evangelisten als bloß menschliche Geschichtsschreiber betrachtet* (unveröffentlicht); *Historische Einleitung in die Offenbarung Johannis* (Fragment). Lessing gibt aus den Reimarus-Schriften *Vom Zwecke Jesu und seiner Jünger* heraus; 6.7.: Entzug der zensurfreien Publikationserlaubnis durch den Herzog von Braunschweig, Verbot einer Fortführung der Debatte.

1779 *Nathan der Weise. Ein dramatisches Gedicht.*

1780 *Ernst und Falk* (IV-V); *Die Erziehung des Menschengeschlechts*; *Die Religion Christi*; Besuch Friedrich Heinrich Jacobis (1743–1819) in Wolfenbüttel, u. a. längeres Gespräch mit ihm über den Spinozismus, in dem sich Lessing zur Philosophie des niederländischen Philosophen Baruch de Spinoza (1632–1677) bekannt haben soll (vgl. Fick 2000, S. 436–455).

1781 Lessing stirbt am Abend des 15.2. in Braunschweig an Brustwassersucht.

Entstehungsgeschichte

Der Stoff

Mit seinem Trauerspiel *Emilia Galotti* greift Gotthold Ephraim Lessing auf die in der europäischen Geschichte des Dramas oft bearbeitete Virginia-Legende zurück. Die beiden maßgeblichen Quellen hierfür sind die historiographischen Texte *Ab urbe condita* (hier: III, 44 ff.) des römischen Historikers Titus Livius (59 v. Chr. – 17 n. Chr.) und die *Antiquitates Romanae* (hier: XI, 28 f.) des griechischen Geschichtsschreibers Dionysios von Halikarnassos (um 60/53 v. Chr. – nach 7 n. Chr.). Beide Versionen dieser Geschichte stammen vom Ende des 1. Jahrhunderts v. Chr. Charakteristisch ist die primär politische Ausrichtung der antiken Texte. Ihre Geschichtsschreibung soll – wie Livius in seiner »Vorrede« bemerkt – das »Augenmerk« darauf richten, »wie das Leben, wie die Sitten gewesen sind, durch was für Männer und durch welche Eigenschaften zu Hause und im Kriege die Herrschaft geschaffen und vergrößert wurde« (Livius [2]1991, S. 9). Als ein solch exemplarischer Fall erscheint sowohl bei Livius als auch bei Dionysios von Halikarnassos das Schicksal der Virginia, einer jungen Frau aus dem Stand der Plebejer, die – obwohl bereits dem Icilius versprochen – vom Decemvir Appius Claudius begehrt wird. Die Geschichte ist bei Livius in die breite Darstellung der Ständekämpfe zwischen Patriziern und Plebejern eingebettet, die auf 304 bis 305 Jahre nach der Gründung der Stadt Rom, d. h. etwa 448/7 v. Chr., datiert werden und einen Wendepunkt in der Geschichte Roms darstellen.

Virginia-Legende

Der politische Kontext der Virginia-Legende ist das Ende des Decemvirats von Appius Claudius, einer Zeit, in der die senatorischen Decemvirn, die die Gesetzgebung reformieren sowie schriftlich fixieren sollten, die wichtigsten politischen Instrumente der Plebejer beseitigt und die politische Regierungsmacht usurpiert haben. Nach dem Bericht des Livius vertiefen sich in der Folgezeit die politischen Spannungen zwischen den Patriziern und den Plebejern, die durch die neue Gesetzgebung (Zwölf-Tafel-Gesetz) in ihren Rechten erheblich eingeschränkt waren.

Politischer Kontext

In dieser politischen Krise geben die Rasereien und Verbrechen des Appius Claudius den Anlass zur Rebellion und Tötung des Decemvirn, in deren Folge die alte Ordnung restituiert wird. Die offenkundig skandalösen Begebenheiten des Schicksals der Virginia, die der eigene Vater erstechen muss, um ihrer Entehrung entgegenzutreten, dienen dazu, den Aufruhr des Volkes (und teilweise auch des Senats) in seiner politischen Berechtigung zu motivieren. Der politische Problemkomplex, der unauflösbar gewordene Antagonismus zwischen Patriziat und Plebejertum, verbindet sich in Livius' Text mit der Geschichte eines exemplarischen Charakters, der – im Widerstreit mit dem diktatorischen Missbrauch des Rechts, der Macht und des überkommenen Sittenkodexes – die Ehre der römischen Bürgertugend wiederherstellt. Livius deutet die Virginia-Geschichte als eine besonders heroische Tat im Dienste eines politischen Gebildes, das nur dann gesichert werden kann, wenn es die Grundrechte von Freiheit, Ehrbarkeit und Eigentum aller Bürger achtet.

Diese lehrhafte Tendenz führte dazu, dass die Geschichte der Virginia zu den beliebtesten Stoffen aus der römischen Geschichte gehörte, wobei sie v. a. den Bedingungen der klassizistischen Tragödie entgegenkam (vgl. Frenzel ³1970, S. 762–765). Zum Motiv der politischen Freiheit, zur Frage nach Recht und Unrecht, Machtmissbrauch der politisch Herrschenden und Selbstbehauptung der politisch Unterdrückten trat im Laufe der Zeit v. a. das Motiv der weiblichen ›Ehre‹, der ›Keuschheit‹ und ›Reinheit‹, das Bild eines schönen und unschuldigen Mädchens, dessen Reiz ebenso bezaubert wie der Versuch seiner ›Entehrung‹ Abscheu erregt. In dieser Variante konnte das Schicksal der Virginia als heroische Ur-Szene für die Festigung bzw. Wiedererlangung der Tugend, die fortan als Grundaxiom menschlicher Gesellschaft galt, dienstbar gemacht werden.

Motivkomplex

Drei Phasen der Entstehung

Dramatische Bearbeitungen der Virginia-Geschichte begegnen uns bereits im frühen 16. Jahrhundert (vgl. die Aufstellung bei Müller ²1993, S. 34–43). In welchem Maße Lessing die frühneuzeitlichen Adaptionen geläufig waren, ist nicht zu entscheiden.

Wie häufig bei Lessing, haben vorliegende Bearbeitungen eines Stoffes in erster Linie Anregungscharakter; Fortschreibungen oder Gegenentwürfe werden projektiert, bei denen Handlungselemente, Personenzeichnung oder Dialogführung zu einem Text von eigener Form und Intention umgearbeitet werden. Nach Klaus Bohnen sind bei der Entstehung der *Emilia Galotti* drei Phasen zu unterscheiden,

Anregungscharakter

> »die zeitlich bis in die Jugendjahre Lessings zurückreichen und die wachsende ästhetische Gestaltungskraft des Autors erkennen lassen: ein früh erwachtes Interesse Lessings für den Virginia-Stoff als dramatisches Sujet, erste eigene Ansätze zur tragischen Bearbeitung des Gegenstandes und schließlich die – relativ schnell erfolgte – Ausformung des Dramas in der heute vorliegenden Gestalt. Über eine Zeitspanne von nahezu zwanzig Jahren beschäftigt Lessing sich mit dem tragischen Potential der Virginia-Fabel, aber erst nach *Miß Sara Sampson*, *Philotas*, *Minna von Barnhelm* und vor allem der *Hamburgischen Dramaturgie* sieht er sich in der Lage, dem Stoff eine endgültige Form zu geben« (B 7, S. 829 f.).

In der *ersten Konzeptionsphase* ist Lessing bestrebt, sich der literarischen Traditionen zu versichern. Vor dem Hintergrund der antiken Virginia-Überlieferungen bei Livius und Dionysios von Halikarnassos mustert er die bereits vorliegenden dramatischen Bearbeitungen des Stoffs, stellt sie vor und kommentiert sie in kurzen Abhandlungen und Rezensionen. Mit einiger Wahrscheinlichkeit hat Jean Galbert de Campistrons *Virginie* (1683) Lessing ebenso als Anregung gedient wie die *Virginia* des Engländers Samuel Crisp (vgl. B 7, S. 856 f.), dessen erste Szene Lessing derart kongenial übersetzt, dass das Fragment lange Zeit als eigene Vorstufe zu seinem Trauerspiel angesehen wurde. Weit bedeutsamer war für Lessing jedoch die *Virginia* des Spaniers Don Agostín Montiano y Luyando von 1750, die er in der »französischen Übersetzung des Herrn Hermilly« nebst Autor im ersten Stück seiner *Theatralischen Bibliothek* (1754) vorstellt. Für Lessing zählt der Autor zu »den größten tragischen Dichtern [...], den itzt Spanien aufweisen und ihn seinen Nachbarn entgegenstellen kann« (B 7, S. 841). Symptomatisch ist die Begründung, die dem Virginius für seine Tat in den Mund gelegt wird.

Erste Konzeptionsphase

Don Agostín Montiano y Luyando

Statt der »Freiheit« stehen jetzt »Ehre« und »Tugend« auf dem Spiel, und es gelte, die »Reinheit« angesichts der »Begierden« des Tyrannen zu bewahren, wie zu Beginn des 5. Auftritts zu lesen ist. Was Lessing in seinem eigenen Stück als Gegenwehr zur fürstlichen Willkür mobilisiert, verteilt auf die zwei Frauen, die zur Tugend (Emilia) oder zur Rache (Orsina) entschlossen sind, wird bei Montiano als innere Wandlung der Virginia dargestellt:

> »Sie ist nicht mehr die zärtliche Liebhaberin, die für das Leben ihres Liebhabers und ihr eignes zittert und den Zorn ihres teuren *Icilius* zu mäßigen sucht. Sie ist nunmehr ein wütendes Weibsbild, welches nach nichts als Rache dürstet. [...] Was haben wir noch zu verlieren, wenn man uns die Freiheit sogar in den Gesetzen und in der Liebe raubet?« (III, 6; B 7, S. 841 f.)

Im Zusammenhang mit dem Briefwechsel über das Trauerspiel, den er mit den Freunden Moses Mendelssohn (1729–1786) und Friedrich Nicolai (1733–1811) führt, spätestens jedoch im 68. Stück der *Hamburgischen Dramaturgie* revidiert Lessing sein Urteil über Montiano und dessen spanische Virginia-Version: »Denn die Virginia des Augustino de Montiano y Luyando ist zwar spanisch geschrieben; aber kein spanisches Stück: ein bloßer Versuch in der correcten Manier der Franzosen, regelmäßig aber frostig« (B 6, S. 525).

Johann Samuel Patzke

Am 23.8.1755 erscheint im 101. Stück der *Berlinischen privilegierten Zeitung* Lessings Rezension von Johann Samuel Patzkes (1727–1787) *Virginia* aus dem selben Jahr, nicht ohne einschränkende Bemerkungen zur Qualität des Textes. Dort geht er allerdings nicht auf den Virginia-Stoff und dessen Dramatisierung durch Patzke ein, da ihn vielmehr das erste Trauerspiel dieses Dichters interessiert: »Man kann jedes deutsche Trauerspiel von zwey Seiten betrachten; als ein Trauerspiel und als ein deutsches Trauerspiel. Als dieses kann es oft einen sehr grossen relativischen Werth haben, den es als jenes nicht hat.« Exakt diesen »relativischen Wert« gesteht Lessing Patzkes Trauerspiel zu; den Stücken von Johann Christoph Gottsched (1700–1766) oder Christoph Otto Freiherr von Schönaich (1725–1809) etwa sei es überlegen, auch wenn es nicht an die von Pierre Corneille (1606–1684) heranreiche:

»Es ist sein erstes dramatisches Stück. Und das erste dramatische Stück von *Corneille*? Oder das erste Trauerspiel von *Racinen*? Hätte man, nach diesem zu urteilen, wohl dem einen, oder dem andern die Höhe zugetrauet, die sie in der Folge wirklich erreichten? Doch sind zwischen diesen beiden äußersten Grenzen noch Stellen genug, die ein gutes Genie mit Ruhm füllen kann« (B 3, S. 415).

Lessings Musterung der literarischen Bearbeitungen des Virginia-Stoffes fördert jedoch kein »Genie« zutage, das seinen Erwartungen entsprechen könnte, aber sie dient ihm als wertvolle Anregung, sich selbst intensiver mit diesem tragischen Sujet zu beschäftigen.

Ästhetische Kurskorrektur

Diese für Lessing so bezeichnende ästhetische Kurskorrektur hat Wilfried Barner im Zusammenhang der spätestens seit Mitte der 1750er-Jahre anzusetzenden Rezeption der Tragödien Senecas verortet, die von erheblicher Bedeutung für Lessings eigene Trauerspielkonzeption sind (vgl. Barner 1973). Unmittelbar nach der Präsentation Montianos veröffentlicht Lessing 1755 (datiert 1754) in der *Theatralischen Bibliothek* seine Abhandlung *Von den lateinischen Trauerspielen welche unter dem Namen des Seneca bekannt sind*, die sein deutliches Interesse für den Stoff heroischer Dramen verrät und in der er eine bislang verfemte römische Tradition zu rehabilitieren sucht. Für Klaus Bohnen wird

Rehabilitation der röm. Tradition

»die römische Tragödienwelt mit ihrem gesteigerten Leidenschaftspotential [unverkennbar] zu einem Weg für Lessing, die ›Schule der Alten‹ für einen produktiven Neuansatz nutzbar zu machen: Gestalten wie Marwood [aus Lessings Erfolgsstück *Miß Sara Sampson*], Philotas [aus der gleichnamigen heroischen Tragödie] oder Orsina machen dies in ihrer Medea-Konfiguration deutlich – als Anspielungen dechiffrierbar, in ihrem Gewicht als zentrale Handlungsträger jedoch relativiert. Die heroische Tragödie wird für Lessing zu einem Erprobungsfeld für ein ›modernes‹, den Ansprüchen psychologischer Gesetzmäßigkeit genügendes Trauerspiel. Ihren ›Geist‹ auf eine Wirkungsästhetik des tragischen Mitleidens zu transponieren gelingt Lessing wenig später theoretisch in seinem Briefwechsel mit Mendelssohn und Nicolai –

und damit war der Weg geebnet für eine ›modernisierte Virginia‹« (B 7, S. 843).

Lessings Interesse an heroischen Dramen ist doppelt motiviert: Auf der einen Seite sucht er den antiken Stoff wiederzugewinnen, indem er ihn mit der ›modernen‹ Sicht des 18. Jahrhunderts konfrontiert; auf der anderen Seite verkörpert die Affektenstärke dieser heroischen Dramen für Lessing eine Ausdruckswelt, deren ›Lebendigkeit‹ seinen Vorstellungen von einer tragischen Wirkung entsprach. Zusätzlich weist Bohnen darauf hin, dass »der ›rebellische Charakter‹ vieler dieser republikanischen Stoffe seine Anziehungskraft auf einen Autor nicht verfehlte, dem Kritik ein Lebenselement war« (ebd., S. 831). Diesem Interesse Rechnung tragend entwirft Lessing 1756 den Plan einer (dann jedoch nicht ausgeführten) Tragödie mit dem Titel *Das befreite Rom*, dem der nahe verwandte Lukretia-Stoff zugrunde liegt. Die dort angestrebte Thematisierung der Vergewaltigung der Lukretia und ihr anschließender Selbstmord gehören zum Gründungsmythos der römischen Republik. Auf ihr Schicksal hatte auch Livius im Zusammenhang mit dem der Virginia vergleichend hingewiesen. In seiner dramatischen Skizze sieht Lessing vor, dass sich Lukretia auf offener Bühne ersticht; sie wird allerdings »sterbend abgeführt«, so dass der Eintritt des Todes nicht auf offener Bühne stattfindet.

Zweite Konzeptionsphase

Während am Anfang – initiiert durch die Seneca-Abhandlung – die intensive Beschäftigung mit den unterschiedlichen Um- und Weiterschreibungen der Virginia-Geschichte steht, die der Tradition der heroisch-politischen Tragödie zugehören, fällt in die *zweite Konzeptionsphase* des Trauerspiels eine grundsätzliche

Neuorientierung

Neuorientierung: die Abtrennung der Virginia-Handlung von der politischen Thematik, mit dem Ziel, sich an einer eigenen dramatischen Bearbeitung mit dem Akut auf ›Ehre‹ und ›Tugend‹ zu versuchen. Diese Zäsur fällt mit einer Anregung Nicolais zusammen, der 1757 in der *Vorläufige[n] Nachricht* zum ersten Stück der *Neuen Bibliothek der schönen Wissenschaften und freyen Künste* – gemeinsam mit Lessing und Mendelssohn – einen Preis für eine deutschsprachige Tragödie ausgeschrieben

Tragödien-Wettbewerb

hatte. Dies war für Lessing der entscheidende Anstoß, sich an dem Wettbewerb mit einer Virginia-Tragödie zu beteiligen. Die

Beiträge zum Wettbewerb sollten anonym eingeschickt werden; ein Umschlag mit dem Namen war beizufügen, wurde jedoch nur bei der prämierten Tragödie geöffnet. Die früheste Erwähnung des Vorhabens findet sich in einem Schreiben an Mendelssohn vom 22.10.1757, wobei sich Lessing wegen der geplanten eigenen Teilnahme bereits hier hinter einem Anonymus versteckt:

> »Es arbeitet hier noch ein junger Mensch an einem Trauerspiele, welches vielleicht unter allen das beste werden dürfte, wenn er noch ein Paar Monate Zeit darauf wenden könnte« (B 11/1, S. 255).

Am 25.11.1757 schreibt Lessing an Nicolai, die Verfasserfiktion aufrechterhaltend:

> »Die Tragödie, an der ein junger Mensch hier noch arbeitet; sollen Sie in drei Wochen haben. Sie verdient es, mit gedruckt zu werden« (ebd., S. 260).

Entwurf

Seinen Entwurf erläutert er in einem weiteren Schreiben an Nicolai vom 21.1.1758, wobei nunmehr erstmals der Titel *Emilia Galotti* genannt wird:

> »Unterdes würde mein junger Tragikus fertig, von dem ich mir, *nach meiner Eitelkeit*, viel Gutes verspreche; denn er arbeitet ziemlich wie ich. Er macht alle sieben Tage sieben Zeilen; er erweitert unaufhörlich seinen Plan, und streicht unaufhörlich etwas von dem schon Ausgearbeiteten wieder aus. Sein jetziges Sujet ist eine bürgerliche Virginia, der er den Titel *Emilia Galotti* gegeben. Er hat nemlich die Geschichte der römischen Virginia von allem dem abgesondert, was sie für den ganzen Staat interessant machte; er hat geglaubt, daß das Schicksal einer Tochter, die von ihrem Vater umgebracht wird, dem ihre Tugend werter ist, als ihr Leben, für sich schon tragisch genug, und fähig genug sei, die ganze Seele zu erschüttern, wenn auch gleich kein Umsturz der ganzen Staatsverfassung darauf folgte. Seine Anlage ist nur von drei Akten, und er braucht ohne Bedenken alle Freiheiten der englischen Bühne. Mehr will ich Ihnen nicht davon sagen; so viel aber ist gewiß, ich wünschte den Einfall wegen des Sujets selbst gehabt zu haben. Es dünkt mich so schön, daß ich es ohne Zweifel nimmermehr ausgearbeitet hätte, um es nicht zu verderben« (ebd., S. 267).

Lessing schließt zu diesem Zeitpunkt das Trauerspiel noch nicht ab; den von Nicolai ausgesetzten Preis erhielt Johann Friedrich von Cronegks (1731–1758) *Codrus* (1758 postum erschienen), mit dem sich Lessing ebenfalls intensiver beschäftigte. Steht ihm die Grundidee seines Trauerspiels seit 1757/58 also klar vor Augen, so scheitert die Fertigstellung an Hindernissen, die Lessing gegenüber seinem Bruder Karl nur unzureichend andeutet. Erst die Tätigkeit als ›Dramaturg‹ am Hamburger Nationaltheater sowie die erneute Beschäftigung mit dem Wesen der Tragödie in der *Hamburgischen Dramaturgie* und der Auseinandersetzung mit Shakespeares Dramatik und Aristoteles' Theorie, die ihm eine vertiefte Einsicht in Charaktergestaltung, Handlungsführung und tragische Wirkungsweise vermitteln, geben Lessing einen neuen Anstoß, den alten Plan wieder vorzunehmen. Jetzt will er einen Spieltext verfertigen, der nicht für den Druck bestimmt ist, so Lessing in einem Brief an den Bruder Karl vom 10.2.1772 (B 11/2, S. 352). Deutlich zu erkennen ist sein Bestreben, in der Gestaltung des Virginia-Stoffes die ›Affekterregungskunst‹ der *Miß Sara Sampson* hinter sich zu lassen.

Preis an Johann von Cronegk

Spieltext

Endgültige Gestalt nimmt das Trauerspiel schließlich in der *dritten Arbeitsphase* seit dem Spätherbst 1771 an, obwohl das Scheitern des Hamburger Projekts und die Übersiedlung nach Wolfenbüttel zunächst alle Dramenpläne in den Hintergrund treten lassen. Lessing ist seit Mai 1770 Bibliothekar der Herzoglichen Bibliothek in Wolfenbüttel. Nicht unwesentlich durch die ökonomische Erwägung mitbestimmt, die bei seinem Verleger Christian Friedrich Voß (1722–1795) projektierte Ausgabe seiner *Trauerspiele* durch ein neues Stück attraktiver und verkaufsfördernder zu gestalten, greift Lessing erneut auf den Virginia-Stoff zurück. Den Entstehungsprozess der *Emilia Galotti* begleitet in der Folgezeit ein immenser Zeitdruck, klagt doch Voß mit Nachdruck nicht nur das neue Trauerspiel, sondern auch weitere Materialien zu einem zweiten Band der *Vermischten Schriften* ein (vgl. Lessings Brief an Voß vom 1.12.1771; ebd., S. 277 f.). Wann genau Lessing mit der Niederschrift des Dramas begonnen hat, lässt sich aus den überlieferten Briefen und Textzeugen nicht mehr bestimmen. Am 19.11.1771 erwähnt Karl dem Bruder gegenüber erstmals »die neue Tragödie«, auf die er sich »außerordentlich« freue.

Dritte Arbeitsphase

Ökonomische Erwägungen

Zeitdruck

In einem Brief vom 24.12.1771 spricht Lessing gegenüber Voß vom 10.3.1772 als geplantem Aufführungstermin:

Geplanter Aufführungstermin

»Mit meinem neuen Stücke hätte ich vor, es auf den Geburtstag unsrer Herzogin, welches der 10te März ist, von Döbblinen [Karl Theophil Döbbelin (1727–1793), Leiter einer Theatertruppe, mit der er zu dieser Zeit an verschiedenen Bühnen in Deutschland tätig war] hier zum erstenmale aufführen zu lassen. Nicht Döbblinen zu Gefallen, wie Sie wohl denken können: sondern der Herzogin, die mich, so oft sie mich noch gesehen, um eine neue Tragödie gequält hat. In diesem Falle müßte ich Sie aber bitten, es zu verhindern, daß Koch sie nicht etwa vor besagten 10^tn^ März spielte. Denn sonst würde das Kompliment allen seinen Wert verlieren. Ich kann itzt meine Arbeit mit aller Zuversicht zusagen: denn ich fühle mich gesund, und hoffe, daß es eine Weile damit dauern soll. Auch bin ich über diese neue Tragödie fast wieder in den Geschmack des Dramatischen gekommen, und wenn die Lust anhält (und eine einzige ganz eigne Verhinderung nicht dazu kömmt) so verspreche ich Ihnen auf den Sommer einen ganzen neuen Band zu den Lustspielen« (ebd., S. 305).

In der Folgezeit entspinnt sich ein brieflicher Dialog mit Karl, dem Lessing die fertigen Teile des Trauerspiels mit der Bitte um Kritik zur Korrektur übersendet. Mitte Januar 1772 erinnert ihn der Bruder, der den Druck in Berlin überwacht, an sein Werk, und am 25.1.1772 schreibt Lessing an Karl:

Briefwechsel mit dem Bruder

»Die erste Hälfte meiner neuen Tragödie wirst Du nun wohl haben; und ich bin sehr begierig, Dein Urteil darüber zu vernehmen. Ich habe über keine Zeile derselben eine Seele, weder hier noch in Hamburg, können zu Rate ziehn: gleichwohl muß man wenigstens über seine Arbeit mit jemand sprechen können, wenn man nicht selbst darüber einschlafen soll. Die bloße Versicherung, welche die eigene Kritik uns gewährt, daß man auf dem rechten Wege ist und bleibt, wenn sie auch noch so überzeugend wäre, ist doch so kalt und unfruchtbar, daß sie auf die Ausarbeitung keinen Einfluß hat. Binnen acht Tagen, wenn ich mit dem Abschreiben nicht aufgehalten werde, soll der Rest folgen. Nun bitte ich Dich nur, auf die Correctur allen Fleiß zu wenden. Am besten würde es sein, wenn

Du Dir das Manuscript bei der Correctur könntest vorlesen lassen« (ebd., S. 333).

Der Bruder löst die an ihn gestellten Erwartungen ein, indem er das Stück von nun an mit seinen Kommentaren begleitet, die Lessing in seinen Absichten bekräftigen und zum Überdenken einiger Details anregen, aber auch zur Verteidigung seiner Entscheidungen herausfordern. Karl liest das Stück völlig unpolitisch, ihn interessiert in erster Linie die Psychologie der Figuren, wie aus dessen umfangreichem Schreiben vom 3.2.1772 zu ersehen ist:

Psychologie der Figuren

»In Deiner Emilia Galotti herrscht ein Ton, den ich in keiner Tragödie, so viel ich deren gelesen, gefunden habe; ein Ton, der nicht das Trauerspiel erniedrigt, sondern nur so herunterstimmt, daß es ganz natürlich wird, und desto leichter Eingang in unsere Empfindungen erhält. [. . .] Aber die Wahrheit der Charaktere, die Du zeichnest, muß ich noch über die Schönheit der Sprache setzen. [. . .] Nur wider die Emilia Galotti habe ich etwas auf dem Herzen. Ich sollte zwar gar nicht mit meiner Kritik herausrücken; denn vermutlich wird Emilia in den letzten Acten tätiger sein, und sich also auch ihr Charakter deutlicher entwickeln. Aber warum soll ich Dir meine Ratte verbergen! Noch hast Du sie nur als fromm und gehorsam geschildert. Aber ihre Frömmigkeit macht mir sie – aufrichtig! – etwas verächtlich, oder, wenn das zu viel ist, zu klein, als daß sie zum Gegenstand der Lehre, des edlen Zeitvertreibs und der Kenntnis für so viele tausend Menschen dienen könnte. Du wirst zwar sagen: so werden die Mädchen in Italien erzogen; so denken sie; so handeln sie; noch hat sich keine Spur von Freidenkerei in ihre Religion eingeschlichen. Alles gut, lieber Bruder. Allein über das Locale sollte man nicht höhere Zwecke vergessen. Jede gute Person, die ein einnehmendes Muster für die Zuhörer sein soll, könnte zwar ihre Mutterreligion haben; aber sie müßte nicht solche Punkte derselben äußern, die einen gar zu kleinen Verstand, gar zu wenig Selbstdenken verraten: sondern nur das, was die allgemeine Religion aller rechtschaffnen und denkenden Menschen billigt und auszuüben trachtet. Emilia geht in die Messe. – Sie ist eine Katholikin. – Mag sie doch! Sie redet aber von den Bedeutungen der Perlen im Traum. Auch daß sie sogar ängstlich tut, weil sie der Prinz in der Messe angeredet, macht mir keinen großen Begriff von ihrem Verstande; und ein gar zu kleiner Verstand mit dem besten Herzen deucht mir für die edlen Personen des Trauerspiels unter der Würde desselben. Und nimmt man vollends Rücksicht auf die Zuschauer in Berlin, die unter den freier denkenden Deutschen die freidenkendsten sind, so glaube ich – hätte ich Recht. Vorausgesetzt, daß Deine Emilia in den letzten Acten keine anderen Vorzüge zeigt. Deine Minna, Deine Miß Sara, Deine Juliane sind auch fromm; aber sie haben nicht das Pedantische der Religion, sie haben das, was man an seinem geliebten Gegenstande zu finden wünscht« (ebd., S.343–345).

In seiner Antwort vom 10.2.1772 bestätigt Lessing seinen Bruder in dessen Lesart der Sprache und der Figuren:

»Es ist mir recht sehr lieb, daß Dir mein Ding von einer Tragödie noch so ziemlich gefallen hat. Und Deine Anmerkungen darüber sind mir sehr willkommen gewesen. Ich bitte Dich, auch in Ansehung des Überrestes damit fortzufahren. [...] Was Du von dem Charakter der Emilia sagst, hat viel Wahres. Aber so ganz Recht kann ich Dir doch nicht geben, aus folgenden Ursachen: 1) Weil das Stück Emilia heißt, ist es darum mein Vorsatz gewesen, Emilien zu dem hervorstechendsten, oder auch nur zu einem hervorstechenden Charakter zu machen? Ganz und gar nicht. Die Alten nannten ihre Stücke wohl nach Personen, die gar nicht aufs Theater kamen. 2) Die jungfräulichen Heroinen und Philosophinnen sind gar nicht nach meinem Geschmacke. Wenn Aristoteles von der Güte der Sitten handelt [im 15. Kap. der *Poetik*], so schließt er die Weiber und Sklaven ausdrücklich davon aus. Ich kenne an einem unverheirateten Mädchen keine höhere Tugenden, als Frömmigkeit und Gehorsam. 3) Zeigt denn jede Beobachtung der äußerlichen Gebräuche einer positiven Religion von Aberglauben und schwachem Geiste? Wolltest Du wohl alle die ehrlichen Leute verachten, welche in die Messe gehen, und während der Messe ihre Andacht abwarten wollen, oder Heilige anrufen? – Wegen des Zuges mit dem Träume hast Du ganz Unrecht; wesfalls Du das Manuscript nur wieder nach-

Charakter der Emilia

sehen darfst. Emilia glaubt nicht an den Traum; sondern sie erkennt mit ihrer Mutter den Traum für sehr natürlich: wegen ihres größern Geschmacks an Perlen als an Steinen. Aber, ob sie schon nicht an den Traum als Vorbedeutung glaubt: so darf er doch gar wohl sonst Eindrücke auf sie machen. Appiani ist es, der sich dabei länger aufhält, als sie beide. Aber auch den lasse ich die Ursache davon angeben. 4) Am Ende wird denn auch freilich der Charakter der Emilia interessanter, und sie selbst tätiger. – Nur käme das ein wenig zu spät, wenn es wahr wäre, daß sie schon einen kleinen Begriff von sich erweckt hätte. – Doch es sei mit dem allen, wie es wolle; wenn das Stück nur im Ganzen Wirkung hervorbringt. Das Süjet war eines von meinen ältesten, das ich einmal in Hamburg auszuarbeiten anfing. Aber weder das alte Süjet noch die Hamburger Ausarbeitung habe ich jetzt brauchen können, weil jenes nur in drei Acte abgeteilt, und diese so angelegt war, daß sie nur gespielt, aber nie gedruckt werden sollte« (ebd., S. 351–353).

Zäsur vor dem letzten Akt

Aber das von Karl am 15.2.1772 angemahnte Ende der Tragödie lässt noch auf sich warten. Angesichts des von Voß aufgebauten Zeitdrucks handelt es sich um eine bemerkenswert lange Pause in der Entstehung des Stücks, die sich Lessing auf der Zielgeraden gönnt. In der Forschung hat diese Zäsur Anlass zu der Spekulation gegeben, dass Lessing Schwierigkeiten bei der Ausarbeitung des letzten Aktes und insbesondere des seither vehement umstrittenen Schlusses gehabt habe (vgl. v.a. Meyer 1973, S. 287 ff.). Bohnen hingegen vermutet, dass Lessing dem Bruder den 5. Akt deshalb vorenthält, »um zu verhindern, daß die Kochsche Truppe, die sich am Druckort Berlin aufhielt, das Stück uraufführte« (B 7, S. 835). In jedem Fall kann Karl erst am 29.2.1772 den Erhalt des Stücks bis zu den ersten Szenen des letzten Aktes bestätigen. In seinem Brief vom 1.3.1772 an den Bruder übersendet Lessing den noch fehlenden Rest und präzi-

Präzisierung der Konzeption

siert noch einmal die Konzeption seines Trauerspiels dahin gehend, »daß es weiter nichts, als eine modernisierte, von allem Staatsinteresse befreiete Virginia sein soll« (B 11/2, S. 361 f.). Der ›prägnante Moment‹ der Entstehungsgeschichte ist die Zentrierung der Handlung auf das Schicksal Emilias, ohne dass der

»Umsturz der ganzen Staatsverfassung darauf folgte«, wie Lessing in einem Brief vom 21.1.1758 an Nicolai (B 11/1, S. 266–268) bemerkt. Er lässt sich dabei von der Vermutung leiten, »daß das Schicksal einer Tochter, die von ihrem Vater umgebracht wird, dem ihre Tugend werter ist, als ihr Leben, für sich schon tragisch genug, und fähig genug sei, die ganze Seele zu erschüttern« (ebd., S. 267). Die Konzentration auf einen Handlungsstrang führt in Lessings Augen zur Intensivierung der Wirkung. Erst dann, wenn kein Tyrannenmord dem Opfer der Tochter nachträglich einen Sinn verleiht, wird ihr Tod wahrhaft »tragisch« und schließlich dazu führen, »die ganze Seele zu erschüttern« (ebd., S. 267). Interpretiert man Lessings Etikettierung Emilias als ›bürgerliche Virginia‹ als einen auch für später noch verbindlichen Hinweis auf die politische Essenz des von ihm verfolgten Plans, so ist zu bedenken, dass ›bürgerlich‹ nach zeitgenössischem Wortgebrauch für ›nicht-standesgebunden‹, ›privat‹ oder ›häuslich‹ stand und in der Dramentheorie des 18. Jahrhunderts den Gegenbegriff zu ›heroisch‹ bildete, also kaum eine unmittelbare politische Parteilichkeit des Stückes etwa im Sinne eines genau benennbaren Bürgerstandes bedeuten konnte. Eine politische Deutung der ›bürgerlichen Virginia‹ ist dadurch aber keineswegs ausgeschlossen (vgl. Kap. ›Aspekte der Interpretation‹).

Intensivierung der Wirkung

Wie auch bei anderen Texten Lessings, erfolgen Reinschrift und Drucklegung des Manuskripts nahezu gleichzeitig. Am 1.3.1772 liegen ihm jedoch erst die »ersten vier Bogen« gedruckt vor; es ist ihm sehr daran gelegen, »ein fertiges Exemplar zum 13ten hier zu haben« (B 11/2, S. 361), d.h. zum Geburtstag der Herzogin Philippe Charlotte, an dem das Spiel durch die Döbbelin'sche Truppe im Hoftheater in Braunschweig gespielt werden sollte, wie Lessing auch in einem Gesuch Anfang März 1772 an Herzog Carl von Braunschweig unterstreicht:

Gesuch an Herzog Carl

> »Ich unterstehe mich, eine große Kleinigkeit an Ew. Durchlaucht zu bringen, die jedoch für mich darum keine Kleinigkeit ist, weil ich nicht gern das Geringste tun oder geschehen lassen wollte, was Ew. Durchlaucht wünschen könnten, daß es gar nicht oder anders geschehen wäre. Döbbelin hatte erfahren, daß eine neue Tragödie von mir, die ich aber bereits

vor einigen Jahren ausgearbeitet, gegenwärtig in Berlin gedruckt werde. Er bat mich, ihm das Manuscript davon zukommen zu lassen, um sie auf den bevorstehenden Geburtstag der Herzogin Königl. Hoheit aufzuführen. Ich konnte ihm solches nicht wohl verweigern. Doch nahm ich mir sogleich dabei vor, sobald ein Abdruck in meinen Händen sein würde, durch Vorlegung desselben vor allen Dingen mich der Genehmigung von Ew. Durchlaucht zu versichern. [...] Ich weiß nicht, ob es überhaupt schicklich ist, an einem so erfreulichen Tage eben ein Trauerspiel aufzuführen; noch weniger weiß ich, ob Ew. Durchlaucht an diesem Tage nicht etwas ganz anders zu sehen wünschen könnten. Sollte dieses sein: so ist es zu einer Abänderung noch immer Zeit; und falls Ew. Durchlaucht dem Döbbelin nicht unmittelbar Dero Willensmeinung darüber wissen zu lassen geruhen wollen: so erwarte ich nur einen Wink, um unter irgend einem leicht zu findenden Vorwande die Aufführung dieses neuen Stückes zu hintertreiben« (ebd., S. 365).

In einem verschollenen Brief antwortet der Herzog auf diese Bitte, »daß es gar füglich geschehen könne« (zit. n. Karl Gotthelf Lessing, *Gotthold Ephraim Lessings Leben*, Teil 1, S. 332). Wie Karl weiter berichtet, wurde der Abschluss der Arbeit durch Döbbelin beschleunigt, der angesichts des immer näher rückenden Aufführungstermins damit drohte, die noch fehlenden letzten Szenen »aus seinem Kopfe hinzuzufügen« (ebd.). Die politische Brisanz des Wagnisses, der Herzogin ausgerechnet an ihrem Geburtstag mit einem fürstenkritischen Stück zu huldigen, hat Bohnen akzentuiert (vgl. B 7, S. 836).

Politische Brisanz

Nach der Einwilligung des Herzogs und der Aushändigung auch des Schlusses an Döbbelin, der das Stück bis dahin ohne Kenntnis seines Endes einstudiert hat, findet die Uraufführung – wie geplant – am 13.3.1772 statt. Ein gedrucktes Exemplar des Trauerspiels, das Lessing rechtzeitig erhalten hat, kann er der von ihm geschätzten Herzogin an ihrem Geburtstag übersenden, obwohl sie an der Aufführung nicht teilnehmen konnte. Lessing selbst nahm weder an der Braunschweiger Uraufführung noch an den neun Wiederholungen allein im Jahr 1772 teil, weil er sich – wie er an Eva König in einem Brief vom 15.3.1772 be-

Uraufführung

merkt – wegen »rasende[r] Zahnschmerzen« nicht auf den Weg nach Braunschweig zu machen imstande sah (B 11/2, S. 379). In einem Dankesschreiben vom 16.3.1772 an Johann Arnold Ebert (1723–1795), der das Drama und dessen Aufführung in Braunschweig enthusiastisch gelobt hatte, milderte Lessing den positiven Impetus ein wenig ab: »Auch heute kann und mag ich das Stück noch nicht spielen sehen. Kann sein: weil ich krank bin. Mag nicht: weil mir der Kopf davon noch warm ist, und es mir erst wieder fremd werden muß, wenn mir das Sehen etwas nützen soll« (ebd., S. 381).

Dokumente zur zeitgenössischen Wirkung

Lessings Trauerspiel *Emilia Galotti* wird große Aufmerksamkeit geschenkt, es wird mit »großem Beyfall«, wie die Zeitungen melden, in Braunschweig (Braun 1, S. 352), Berlin (ebd., S. 368), Hamburg (ebd., S. 381) und Wien aufgeführt; zudem wird es im Jahr 1772 noch in Graz, Schleswig, Hannover, Göttingen, Preßburg, Leipzig, Danzig und Weimar gespielt (vgl. Schulz 1977, S. 43–51); stereotyp fällt immer wieder das Stichwort von Lessings neuem »Meisterwerk«. Gleichwohl mischen sich von Anfang an unüberhörbare Zweifel in die Zustimmung. Unmittelbar nach der Braunschweiger Uraufführung vom 13.3.1772 entwickelt sich in der zeitgenössischen Literaturkritik ein Meinungsbild, das in seinen Argumenten gegenwärtigen Stellungnahmen sehr nahe kommt. Der ›Literaturkritiker und -theoretiker‹ Lessing steht nach Meinung der Zeitgenossen in deutlichem Widerspruch zum ›Dramatiker‹ Lessing. Insbesondere die *Hamburgische Dramaturgie*, so scheint es, belastet ihr angeblich eigenes theatralisches Produkt, das Trauerspiel *Emilia Galotti*. Bei näherer Betrachtung möglicher Gemeinsamkeiten und Unterschiede zwischen der theoretischen Schrift und dem Drama wird deutlich, dass die Grundsätze der *Hamburgischen Dramaturgie*, die zwischen den ersten Plänen und der Ausarbeitung der *Emilia Galotti* entstand, zweifellos nicht für Lessings Trauerspiel in jeder Hinsicht verbindlich sind; v.a. im Hinblick auf die sozialpragmatische Wirkung ist eine deutliche Differenz zwischen den theoretischen Ausführungen der *Dramaturgie* und der dramaturgischen Praxis der *Emilia* zu beobachten. Gleichwohl kann gezeigt werden, dass sich hinsichtlich des Vergleichs mit der aristotelischen Tragödienkonzeption in den Stücken 74–83 der *Hamburgischen Dramaturgie* und der Affektpsychologie des Trauerspiels Übereinstimmungen abzeichnen.

Zweifel am »Meisterwerk«

Am Anfang der gewichtigeren Dokumente zur zeitgenössischen Rezeptionsgeschichte steht das bekannte Urteil des jungen Johann Wolfgang Goethe (1749–1832), der in einem Brief an Johann Gottfried Herder (1744–1803) Mitte Juli 1772 bemängelt, in der *Emilia Galotti* sei »alles nur gedacht« (HA Briefe 1,

Urteil Goethes

S. 133), am Ende die mit scharfer Feder formulierte Wertung Friedrich Schlegels (1772–1829), der das Trauerspiel als »Exempel der dramatischen Algebra« apostrophierte, als ein »in Schweiß und Pein producirte[s] Stück des reinen Verstandes«, das man bewundern müsse, ohne von ihm wirklich berührt zu werden (KA 2, S. 116 f.). Schlegels Charakterisierung zeichnet den Weg vor, auf dem sich die Rezeption des Dramas bis ins 20. Jahrhundert hinein bewegte; gelobt wird auch heute noch die kalkulierende Intelligenz, mit der Lessing seine Handlung entwickelt hat, kritisiert wird vielfach das Übergewicht der Wirkungsorientierung, die die Entfaltung eines nuancierteren psychologischen Dramas verhindere. August Wilhelm Schlegel (1767–1845) stört sich ganz ähnlich an der Manier, mit der die »Leidenschaften« in Lessings Trauerspiel »mehr scharfsinnig und witzig charakterisiert als beredt ausgedrückt« seien. In seinen *Vorlesungen über dramatische Kunst und Literatur* (1809–1811) kritisiert er das Drama:

Dramatische Algebra

F. Schlegel

> »In dem Glauben, das Schauspiel wirke am stärksten, wenn es täuschende Kopien des Bekannten und Naheliegenden darbietet, verkleidete Lessing eine alte, berühmte, unauslöschlich in die Weltgeschichte eingezeichnete Tat rauher Römertugend, die Ermordung der Virginia durch ihren Vater, unter erdichtetem Namen in nichteuropäische Verhältnisse und heutige Sitten. [...] Es ist nicht eigentlich ein bürgerliches Trauerspiel, sondern ein Hoftrauerspiel im Konversationstone, zu welchem für einige Rollen der Staatsdegen und Hut unter dem Arme ebenso wesentlich gehört als zu vielen französischen Lustspielen« (Schlegel 1967, S. 273 f.).

Dabei bezieht sich die Irritation der Rezipienten auf die scheinbare Diskrepanz zwischen der klaren Handlungskonstruktion und den Abgründen der psychologischen Motivation, ebenso aber auch auf den Ausgang des Stücks, die variierende Einschätzung der ›Vorbildlichkeit‹ und der ›Fehler‹ der Personen oder auf die schwankende Beurteilung der Handlungsstruktur. Die Ambivalenz schlägt sich in dem Umstand nieder, dass man das Stück an drei unterschiedlichen Gattungsmodellen misst: der klassizistischen Tragödie, dem bürgerlichen Rührstück und dem Drama Shakespeares. Fast alle Kritiker sprachen dem Stück

Irritation der Rezipienten

großes Lob zu. Allerdings werteten sie es aus verschiedenen Blickrichtungen: Eine erste Gruppe legte die Maßstäbe an, die man von der griechischen Tragödie kannte, würdigte den strengen Aufbau, fragte aber, inwiefern der Schluss als tragisch zu beurteilen sei. Eine zweite Gruppe an Rezipienten verglich *Emilia Galotti* mit dem dramatischen Vorgänger, Lessings rührseligen Trauerspiel *Miß Sara Sampson*, und stellte fest, dass das neue Stück sehr viel kühler wirke und kaum Tränen des Mitleids hervorlocke. Die Erwartungen des zeitgenössischen Publikums waren immerhin geprägt von einer Affektenlehre, deren ästhetische Wirkungsabsicht in der größtmöglichen und als Befreiung empfundenen Gefühlserregung auf dem Theater bestand. Lessing selbst hatte mit *Miß Sara Sampson* diesbezüglich Maßstäbe gesetzt und dazu beigetragen, diese Erwartungshaltung zu etablieren und – in seinem Briefwechsel mit Mendelssohn und Nicolai über das Trauerspiel – auch theoretisch zu fundieren. Die viel zitierte Tränenflut angesichts der *Sara* erwies sich als beispielgebend für eine »Psychagogik des Rührens« (Barner 1983, S. 91), auch wenn Lessing selbst das Moralisch-Indifferente dieser ›Gefühlserregungskunst‹ schon im Briefwechsel und später v. a. in der *Hamburgischen Dramaturgie* einzuschränken bestrebt ist.

Affektenlehre

Der Tatsache, dass sich *Emilia Galotti* der tränenseligen, affirmativen Identifikation seitens der Zuschauer verweigert, die Handlungsführung den Intellekt fordert, ohne das ›Mitleid‹ als Wirkungsziel preiszugeben, trug eine dritte Gruppe von Rezipienten dadurch Rechnung, dass man Lessings neue Konzeption mit der Chiffre ›Shakespeare‹ zu deuten suchte. Diese Rezipienten feierten Lessing als den ›deutschen Shakespeare‹, der sich nicht unbedingt an vorgegebene Regeln halte und doch alles richtig mache. Johann Arnold Ebert etwa lässt sich in seinem Brief an Lessing vom 14.3.1772 nach dem Besuch der Braunschweiger Uraufführung geradezu schwärmerisch ergreifen:

Deutscher Shakespeare

> »Und ich kann nichts mehr sagen, als: O liebster, bester, unvergleichlicher Lessing! – Wie gern wollte ich Ihnen meine Bewunderung, Rührung, und Dankbarkeit, die ich gestern bei der Vorstellung ihres neuen Stücks empfunden habe, lebhaft ausdrücken! Aber eben diese Empfindungen machen es

mir unmöglich. Nur so viel kann ich Ihnen sagen, daß ich durch und durch, mit Klopstock zu reden, laut gezittert habe. Selbst die comischen Scenen oder Züge haben eine ähnliche Empfindung mit der bei mir hervorgebracht, die ich einmal bei der ersten Scene Ihrer Minna hatte. O Shakespear-Lessing!« (B 11/2, S. 377)

Auch Johann Wilhelm Ludwig Gleim (1719–1803) rückt das Trauerspiel in seinem Schreiben an Lessing vom 24.3.1772 ähnlich undifferenziert wie Ebert in die Nähe Shakespeares: J. W. L. Gleim

> »Welch ein deutsch-Schakespearisches Meisterstück! Ich umarme Sie dafür, für mich und alle meine Halberstädter, die es mit dem ersten Beifall, den man der höchsten Vollkommenheit zu geben pflegt, aufgenommen haben; Schande, daß unsre Kunstrichter davon so lange stille schweigen, denn in keiner Zeitung ist es angekündigt und Schade für den Verleger, und für die Ausbreitung des Geschmacks an solchen Meisterstücken, daß hier nicht gleich Exemplare gewesen sind. Denn nun haben die meisten hiesigen Leser mir das meinige abgeborgt, haben das Stück gelesen, bewundert, und mir zurück gegeben. Hätte jeder ein Exemplar gekauft, so hätte jedes Bewunderung mehr Leser nach sich gezogen« (ebd., S. 383 f.).

Der »deutsche Shakespeare« bzw. »unser Shakespeare« wird Lessing wiederholt genannt: so von Christian Heinrich Schmid (1746–1800) in seiner Schrift *Ueber einige Schönheiten der Emilia Galotti* (1773; vgl. Henning 1981, S. 359–369, und B 7, S. 908–913); und Albrecht Wittenberg (1728–1807) bemerkt im *Beytrag zum Reichs-Postreuter* vom 23.4.1772 (vgl. Braun 1, S. 375–378, und B 7, S. 893–895), in *Emilia Galotti* finde man »Shakespears Schönheiten, ohne seine Fehler« (zit. n. B 7, S. 893). Für Johann Friedrich Heynatz (*Briefe die Deutsche Sprache betreffend*, 3. Theil, Berlin 1772; vgl. Henning 1981, S. 316 f., und B 7, S. 905 f.) hat Lessing »den Shakespeare« nicht »nachgeahmt, [...] sondern vielmehr mit ihm gewetteifert« (zit. n. B 7, S. 906). Johann Erich Biester (1749–1816) vermerkt in seiner Rezension des Stücks in der *Allgemeine[n] deutsche[n] Bibliothek* (2. Anhang, 2. Abt.; vgl. Braun 2, S. 89–92 und B 7, S. 919–921.), Lessing habe sich der dramatischen Methode ver- J. E. Biester gewissert, mittels derer Shakespeare den höchsten Zweck der Tragödie erlangt habe:

> »Wenn man nicht schon aus der Dramaturgie wüßte, welch ein großer Verehrer unser Verf. vom *Shakespear* ist, so könnte man es aus *Emilia Galotti* lernen. Man sieht, daß deren Verf. bey dem größten Meister gelernt hat, den je die Natur in diesem Fache schuf; aber man sieht auch, daß er nicht nur völlig gefühlt, *was* dieser ausbildete [...] sondern auch mit tiefforschenden Blicke eingesehn hat, *wie* er es, und vornehmlich *warum* er es so bildete. [...] [Lessing] hatte nach *Aristoteles* über den letzten Endzweck des Trauerspiels nachgedacht; hatte gesehen, wie *Sophokles* zu diesem Ziele gelangt sey; gesehen durch welch einen ganz anders scheinenden Weg auch *Shakespear* nur eben dahin geeilt sey. Nun bestimmte er mit großer Weisheit, welcher Weg ihn zum besten hinleiten würde, wählte den, und betrat ihn mit wahren Genie ausgerüstet. In dem Verstande können wir die Nachahmung *Shak*. nicht nur zugeben, sondern er ist das wahre Lob *Lessings*, dem größten Dichter (der mit der Natur fast nur eins ist) mit solcher Weisheit und in solcher Höhe nachgeahmt zu haben« (zit. n. B 7, S. 920).

K. W. Ramler

Unverkennbar soll die Autorität Shakespeares auf Lessings Werk ausstrahlen und den Eindruck festigen, Personen auf der Bühne zu sehen, »wie sie die Natur geschaffen hat« – so Karl Wilhelm Ramler (1725–1798) in seiner Rezension der *Emilia Galotti* in der *Berlinische[n] privilegierte[n] Zeitung* vom 28.3.1772. Lessings Sprache habe, indem jegliche wortreiche und sentimentale Rhetorik zurückgedämmt sei, eine neue Qualität des Natürlichen erreicht, wobei mit ›Natürlichkeit‹ im Verständnis des 18. Jahrhunderts zugleich die individualisierende Kraft dieser Sprache gemeint war:

Qualität des Natürlichen

> »Wir müssen den Lesern anzeigen, was andere Gutes in diesem neuen Stücke unsers dramatischen Dichters finden. Sie finden darin *wahre* Charakter geschildert: nicht solche, die gar keinen Schein von Fehler haben; auch nicht solche, die keinen Anstrich von irgend einer Tugend haben: sondern solche, wie sie die Natur geschaffen hat, und noch schaffen kann. Sie finden ferner, daß die Charakter vortrefflich von

einander abstechen, und zwar nicht so, wie Schwarz und Weiß (welches gar keine Kunst erfodert), sondern so wie sie Homer und Shakespeare zu *schattiren* wissen. [. . .] Was seine Sprache anbetrifft, so ist sie die Sprache der mannigfaltigen Natur, aber die lebhafte und kurze, die nachdrücklich und dennoch leichte Sprache der Natur; nicht die einförmige Sprache der Studierstube, nicht die einförmige Sprache so manches berühmten ausländischen Dichters, bey welchem die Prinzessin Tochter, und der tapfere Vater, und der alte Bediente, und die junge Vertraute ungefähr einerley Sprache, und mehrentheils eine zu künstliche, übertriebene, declamatorische Sprache führen« (zit. n. ebd., S. 884 f.).

Primär sucht man jedoch mittels der »Annäherung an die Natur im Geiste Shakespeares« die »Oekonomie« des dramatischen Plans zu beschreiben. Ramler rühmt die Umsetzung aller epischen Elemente (etwa die Entwicklung der Vorgeschichte) in vorwärts schreitende Handlung und die lückenlose Motivation des Geschehens. Die »geringsten Umstände« hätten »einen Einfluß in die Folge des Stücks« und dienten entweder der Charakterzeichnung, der Profilierung der »Leidenschaften« oder der spannungsvollen Vorbereitung der Katastrophe: »Die letzte Entwickelung ist mit ungemeiner Kunst vorbereitet, und wird unsern Augen bis ans Ende glücklich entzogen« (zit. n. ebd., S. 885). Ähnlich kommentiert Johann Joachim Eschenburg (1743–1820) in der *Gnädigst privilegierten Neuen Braunschweigischen Zeitung* Ende März 1772 (vgl. Braun 1, S. 354–357, 365 f., und B 7, S. 880–883) die Anlage des Trauerspiels insgesamt sowie die einzelnen Figuren:

J. J. Eschenburg

»Unter allen Merkmalen des Genies, woran dieses Stück so ungemein reich ist, sticht keins durchgehends mehr hervor, als eben diese weise, unnachahmliche Oekonomie, mit welcher der Dichter das simpelste Subjekt in einen Plan zu verweben gewußt hat, der nichts von dem zusammengestückten Ansehen episodischer Behelfe an sich hat, der keiner einzigen müßigen und ermüdenden Scene, keiner kalten oder romanhaften Deklamation, keiner frostigen Erzehlungen, keiner widernatürlichen Situationen, zu seiner Consistenz bedurfte; sondern in welchem alles aus dem zum Grunde liegenden

Stoffe in der natürlichsten Folge herausgezogen, jede Scene durch Handlung, durch Aeusserung der treffendsten Charaktere belebt, der Ton des Gesprächs diesen Charakteren und der Natur höchst gemäß ist, jeder Umstand, der zur Entwikkelung des Subjekts gehörte, entweder unmittelbar, oder doch in seinen nächsten Folgen, vor den Augen des intereßirten Zuschauers vorgeht, und so vorgeht, wie es die Natur der dabey spielenden Leidenschaften und der einmal festgesetzten Charaktere der handelnden Personen erforderte« (zit. n. B 7, S. 880 f.).

Lessing kann so als der Dichter gefeiert werden, der – nach Albrecht Wittenberg – »dazu bestimmt ist, Deutschlands Ehre zu retten« (zit. n. ebd., S. 893), sein Stück sei ein »deutsches Original«, wie der anonyme Rezensent des Trauerspiels in der *Staats- und Gelehrte[n] Zeitung des Hamburgischen unpartheyischen Correspondenten* am 24.3.1772 bemerkt, das – an die Seite Shakespeares gestellt – mit der bisher als vorbildhaft angesehenen Literatur des Auslands konkurrieren kann:

Ein »deutsches Original«

»Endlich einmal wieder ein Trauerspiel – *ein deutsches Original* – von dem Verfasser der Miß *Sara Samson* [sic!], das uns verschiedene andere, schwache, copirte, in *deutscher Sprache* geschrieben, lange Zeit wird vergessen lassen, und welches wir zuversichtlich der besten Englischen und Französischen Tragödie an die Seite setzen können. Loben *wollen* wir nicht. Ein jeder weiß, wie Herr *Leßing* die einfachste Begebenheit zu dem interessantesten Stück umschaffet, was für Situationen er anleget, wie er die Charactere bearbeitet, und – welcher Dialog in seinen Schauspielen herrschet. Man lese *Emilia Galotti*, nur ein paar Seiten, und gleich wird man fortgerissen. Lauter Action vom Anfange bis zu Ende des Stücks, keine langweilige Tiraden, keine frostige Sentenzen, die in jedem Sittenbüchelchen stehen« (zit. n. ebd., S. 879).

Ch. M. Wieland

Am 4.5.1772 schreibt der begeisterte Christoph Martin Wieland (1733–1813) an Gleim:

»Lessings Emilia Galotti, die ich in Weimar zuerst in die Hände bekam, hat mir so ausserordentlich wohlgefallen, daß ich ihm auf der Stelle eine Art von Huldigungs-Brief schrieb; den ersten den ich in meinem Leben an diesen grossen Mann geschrieben habe. Ich bin begierig zu sehen wie er ihn aufnehmen wird« (zit. n. Dane 2002, S. 95 f.).

Während der Brief Wielands an Lessing verschollen ist, blieb dessen Antwort an Wieland vom 2.9.1772 erhalten:

»Ich glaube einem Manne zu antworten, der es nicht erst seit gestern weiß, wie unendlich hoch ich ihn schätze. Aber eben das macht meine Antwort um so schwerer. Dieser Mann, weit unter dem, in der vermessensten Stunde meiner Eigenliebe, ich mich immer in allem gefühlt, worauf Schriftsteller stolz sein können, – dieser Mann versichert mich, über eines meiner Werke, von dem ich nicht wünschte, daß es mein bestes bleiben möchte, seines Beifalls auf eine Art – auf eine Art! Ironie kann es nicht sein. Was soll ich diesem Manne antworten? Gänzliche Ablehnung seines Lobes, wäre Beleidigung. Gegenlob wäre eben so große Beleidigung; und schaler. Er antworte sich selbst, statt meiner. Aber wenn Emilia nicht völlig die Wirkung eines ungewohnten betriegerischen Weines auf ihn gehabt hat, der unsere Geister eben so schnell wieder sinken läßt, als schnell er sie erhoben; wenn er itzt in einer kalten nüchternen Stunde – und ich habe leider meine Antwort bis auf diese kalte Stunde verschieben müssen; – wenn er itzt seinen Brief nicht bereuet: welche gefährliche Reizung für mich! Ist der vollkommenste Leser den ich mir denken kann damit zufrieden: wohl gut – Doch er besorge nicht, daß ich sein Lob mißbrauchen werde. Ich will es nicht vergessen, daß der vollkommenste Leser auch zugleich der gutherzigste ist. Was er aber selbst hinzudenkt, macht ihn wärmer, als was er lieset: und doch hat er die Gefälligkeit, seine ganze Empfindung dem Buche zu danken« (B 11/2, S. 452 f.).

In diesem Brief reagiert Lessing auf ein interessantes Phänomen der zeitgenössischen Rezeption: das zwischen den Zeilen lesbar werdende Ärgernis stereotyper Lobpreisungen, die wenig über den Autor Lessing und sein Trauerspiel, umso mehr aber über den Zustand einer sich von der ausländischen, v.a. französischen Vorherrschaft zu befreien suchenden Literaturkritik aussagen. Diesen unreflektiert affirmativen Stimmen stehen solche des Missfallens, der Detailkritik und sogar der (mitunter schrof-

Stereotypes Lob

fen) Ablehnung des gesamten Tragödienkonzepts gegenüber, die zunächst allerdings nicht zu vernehmen sind, sondern, in den Worten Bohnens, »als eine Art ›Unterstrom‹ den Argumentationsgang der professionellen Rezensenten mitprägen«. Bohnen zufolge spaltet sich das literarisch interessierte Publikum angesichts von *Emilia Galotti* auf »in eine tonangebende Elite, der die Zeitungen offen stehen, und einen Kreis derjenigen, die nur im geselligen Umgang oder in Privatäußerungen ihre Meinung zu erkennen gaben« (B 7, S. 860). Eschenburg antizipierte in seiner Rezension von Lessings Drama diese Kritikpunkte und suchte ihnen vorzubeugen, indem er den zu erwartenden Skeptikern entgegenhält,

> »daß es uns um denjenigen leid seyn sollte, der Natur und gesundes Gefühl durch eine übel verstandene Delikatesse schon so weit hinweg verfeinert hätte, daß er Meisterzüge für Plattheiten, oder Spiele des Witzes, die wahrsten, redensten Gemählde für Verzerrungen, und die schicklichsten durch den feinsten Zusammenhang verbundenen Scenen für übel angebracht nähme« (zit. n. ebd., S. 881).

M. Wessely

Für Moses Wessely (1737–1792) weitet sich die Wirkung des Stücks auf eine reichhaltige Palette von Affekten aus:

> »Man nenne mir ein Stück, das so viel Mitleid, schreckenvolle Erwartung, Verachtung, Abscheu, Zuneigung, Gewogenheit und betäubendes Entsetzen darbietet, so warmen Antheil vom Anfange bis zu Ende zu nehmen zwingt, als dieses, und es soll mir auch Shakespearisch heissen« (zit. n. ebd., S. 897).

Aber der »Antheil«, den Wessely am Stück nimmt, ist v.a. Anstoß für »Reflexionen, die es veranlaßt«. Der Einblick, wie es Lessing gelingt, seine Personen »wie Haken und Spaden« zu gebrauchen, »das Haus Odoardo zu zerstören«, weckt in ihm »schreckenvolle Erwartung«, aber als das »Gebäude« endlich »schrecklich zu Haufen« gefallen ist, »werde ich wieder ruhig, jammre und winsle nicht mehr« (zit. n. ebd.): »Nachdem ich es gesehen, wie es zugegangen, bin ich ganz ruhig, daß der Dichter den Vater die Tochter ermorden läßt« (zit. n. ebd., S. 897 f.). Auf »die künstlichste Art« habe Lessing hier eine alle Menschen zu interessierende »Moral« vorgeführt, die Wessely als »Furcht vor der Ausgesetztheit« deutet, der es mit Vernunft vorzubeugen gelte. Im historischen Gewand sei *Emilia Galotti* deshalb »ein Stück für unsre Zeit«:

> »Die Menschenhetze, die es vorstellt, und das Trauerspiel eigentlich vorstellen soll, ist aus lauter Menschen unsrer Zeit zusammen gesetzt, die durch Instrumente unsrer Zeit dahin geblasen werden, wohin sie gebracht werden sollen, um die Absicht zu erreichen, die ein jedes gutes Trauerspiel eigentlich haben soll« (zit. n. ebd., S. 899 f.).

»Tränenerregungskunst«

Mit Verweis auf die publikumswirksame »Tränenerregungskunst« im Trauerspiel ist sich Wessely durchaus der »Manier« bewusst, »in der Hr. L. allgemeinern Beyfall erschlichen haben würde, wenn er nicht lieber seine eigne richtigere Manier zu wählen, für seine Pflicht gehalten« (zit. n. ebd.). Mit dieser Deutung, die mit den Wirkungskategorien der klassizistischen Tragödie (Bewunderung – Schrecken) operiert, befindet sich Wessely allerdings ziemlich allein. Seiner Auffassung, eine Tragödie könne nur eine negative Moral veranschaulichen, wird in einer Rezension seiner Kritik auch sogleich widersprochen (*Beytrag zum Reichs-Postreuter*, 23.7.1772; vgl. Braun 1, S. 412 f.).

Aburteilung durch J. Mauvillon

Die groß angelegte und grundlegende Aburteilung durch Jacob Mauvillon (1743–1794; Rezension der Ausgabe der *Trauerspiele* [1772] in der *Auserlesenen Bibliothek der neuesten Litteratur*; vgl. Braun 1, S. 425–442, und B 7, S. 902–905) stellt die erste gewichtige Gegenstimme zu den stereotypen Lobpreisungen dar, indem Mauvillon als Erster ausführlich das Unbehagen eines Publikums artikuliert, das in der Tragödie eine Aktivierung der Affekte erwartet hatte und diesen Bedarf nur hätte befriedigt sehen können, wenn das Interesse des Zuschauers auf eine zentrale »Hauptfigur« ausgerichtet worden wäre. Dass dies in *Emilia Galotti* nicht gegeben sei, sieht Mauvillon als »Grund- und Hauptfehler dieses Stückes« und leitet daraus alle – aus seiner Sicht weiteren – Fehler ab. In einer detaillierten Analyse versucht er zu zeigen, wie das Stück eingerichtet werden müsse, damit die entsprechende Wirkung eines bürgerlichen Rührstücks erzielt werden könne. Ex negativo wird die Eigenart von Lessings Tragödie klar, indem Mauvillon das Fehlen eindeutiger Sympathielenkung und rührender Szenen mit den Sympathieträgern kritisiert. Deutlich wird die Erwartungshaltung eines Publikums, das sich Tränenseligkeit erhoffte und sich darin von *Emilia Galotti* enttäuscht sah.

In diesem Zusammenhang gewinnt Karl Lessings Bemerkung von 1774 gegenüber seinem Bruder, »[d]aß Deine Emilia nicht so aufgenommen wurde, als Deine Minna, daran ist die Art des Spiels und die Art des Stücks Schuld« (B 11/2, S. 626), ebenso an Bedeutung wie die retrospektive Feststellung eines anonymen Rezensenten im *Berlinischen Litterarischen Wochenblatt* vom 24.5.1777 (vgl. Braun 2, S. 70 f., und B 7, S. 919), der von der »Kälte« spricht, »mit der unser Publikum *Emilia Galotti* (dieses *erste* Trauerspiel unter *allen*, was je von Deutschen gedacht und geschrieben worden) aufnahm«, und diesen Umstand damit erklärt, dass es für dies Publikum »zwanzig Jahre zu früh geschrieben« worden sei (zit. n. B 7, S. 919). Soweit also die zeitgenössische Wahrnehmung noch von der Rezeption der *Miß Sara Sampson* geprägt ist, in der nicht nur »Keime von Tränen«, wie in der *Emilia Galotti* (Ramler), geflossen seien, passt auf Lessings späteres Werk das ihm von Nicolai in einem Brief vom 7.4.1772 mitgeteilte Wort des »Predigers Eberhard«, das Stück sei wie ein Rock »auf den Zuwachs gemacht, in den das Publikum noch hineinwachsen« müsse (B 11/2, S. 389). Andererseits weist der häufig bemühte Vergleich mit Shakespeare auf die weitere Entwicklung des deutschsprachigen Dramas voraus, deren Träger, die ›Genies‹ der Sturm-und-Drang-Zeit, nun ihrerseits dem Vorbild des Lessing'schen Dramas zu entkommen suchen.

F. Nicolai

Die vorher auf Seiten des Publikums konstatierte »Kälte« wird nun im Drama selbst verortet, das ein Werk des kontrollierenden Verstandes sei, dem es an poetischer Zauberkraft fehle. Das Urteil, das der junge Goethe, der »dem Stück nicht gut« ist, »so ein Meisterstück es sonst ist«, gegenüber Herder bereits Mitte Juli 1772 äußert, wird zu einem Leitwort der Kritik: Alles an dem Stück sei »nur gedacht« und »nicht einmal Zufall oder Kaprice spinnen irgend drein« (HA Briefe 1, S. 133). Wilfried Barner hat überzeugend herausgearbeitet, dass dieser Umstand Goethe jedoch weder davon abgehalten hat, in seinem Briefroman *Die Leiden des jungen Werthers* (1774) Lessings Stück einen exponierten Platz anzuweisen, noch davon, in seinen späteren Dramen dem Modell Lessings zu folgen (vgl. Barner 2001). Ein

Leitwort der Kritik

Werther

spektakuläres Zeugnis für den Bekanntheitsgrad der *Emilia Galotti* ist der Umstand, dass Goethe in seinen *Leiden des jungen Werthers* Lessings Trauerspiel erwähnt. Über Werther wird nach dessen Selbstmord vom Herausgeber berichtet:

> »Werthern hatte man auf das Bett gelegt, die Stirn verbunden, sein Gesicht schon wie eines Toten, er rührte kein Glied. Die Lunge röchelte noch fürchterlich, bald schwach, bald stärker; man erwartete sein Ende. Von dem Weine hatte er nur ein Glas getrunken. ›Emilia Galotti‹ lag auf dem Pulte aufgeschlagen« (HA 6, S. 124).

Damit reagiert Goethe auf Lessings eigene Gestaltung der letzten Szenen seines Trauerspiels, in dem ebenso Elemente einer Tötung durch Odoardo als auch solche der Selbsttötung Emilias enthalten sind. Goethes Pointe führte in jedem Fall zu einer erheblichen Verschärfung der negativen Einstellung Lessings dem *Werther* gegenüber (vgl. Lessings Brief an Eschenburg vom 26.10.1774; B 11/2, S. 667). Mit der Erwähnung seiner *Emilia Galotti* in Goethes *Werther* fühlte Lessing sich »sozusagen in den Strudel des neumodisch-anarchischen Lebensstils hineingezogen, um nicht zu sagen: mißbraucht« (Barner 2001, S. 26).

Goethe über Lessing

Johann Peter Eckermann (1792–1854) hat mit Datum vom 7.2.1827 ein Gespräch mit Goethe überliefert, in dem dieser erneut auf Lessings Trauerspiel eingeht:

> »Goethe schalt heute auf gewisse Kritiker, die nicht mit Lessing zufrieden, und an ihn ungehörige Forderungen machen. Wenn man, sagte er, die Stücke von Lessing mit denen der Alten vergleicht und sie schlecht und miserabel findet, was soll man da sagen! – Bedauert doch den außerordentlichen Menschen, daß er in einer so erbärmlichen Zeit leben mußte, die ihm keine besseren Stoffe gab als in seinen Stücken verarbeitet sind! – Bedauert ihn doch, daß er in seiner Minna von Barnhelm an den Händeln der Sachsen und Preußen teilnehmen mußte, weil er nichts Besseres fand! – Auch daß er immerfort polemisch wirkte und wirken mußte, lag in der Schlechtigkeit seiner Zeit. In der Emilie Galotti hatte er seine Piquen auf die Fürsten, im Nathan auf die Pfaffen« (Johann Peter Eckermann: *Gespräche mit Goethe in den letzten Jahren seines Lebens*, hg. v. Otto Schönberger. Stuttgart 1994, S. 248).

Schließlich spricht Goethe im 13. Buch von *Dichtung und Wahrheit* in erheblichem zeitlichen Abstand von einem »aufgeregten Zeitsinne«, der »zu einem bisher für unnatürlich gehaltenen Benehmen« sich aufgeschwungen habe: »[D]ieses war, die höheren Stände herabzusetzen und sie mehr oder weniger anzutasten.« Lessing habe dazu den »entschiedensten Schritt« in seiner *Emilia Galotti* getan, »wo die Leidenschaften und ränkevollen Verhältnisse der höheren Regionen schneidend und bitter geschildert sind« (HA 9, S. 569).

F. Schlegels Abrechnung

Friedrich Schlegels apodiktische Abrechnung mit Lessings Trauerspiel (»Über Lessing«, zuerst in: *Lyceum der schönen Künste. Ersten Bandes, zweiter Teil*, Berlin 1797, S. 76–128) zieht fraglos manche der Linien weiter, die sowohl die zeitgenössische Kritik als auch Goethe *Emilia Galotti* vorgehalten haben, aber er weitet sie – vom Standpunkt der Genieästhetik des Sturm und Drang – auf die grundsätzliche Frage nach der poetischen Qualität des Werks aus. *Emilia Galotti* erscheint Schlegel »in Rücksicht auf künstlerischen Fleiß und *Feile* als vorbildlich«; »wenige Werke« seien »mit diesem Verstande, dieser Feinheit, und dieser Sorgfalt ausgearbeitet«, aber diese »formelle Vollkommenheit des konventionellen Dramas« sei eben seine Schwäche:

> »Und was ist denn nun diese bewunderte und gewiß bewundrungswürdige *Emilia Galotti*? Unstreitig ein großes Exempel der dramatischen Algebra. Man muß es bewundern dieses in Schweiß und Pein produzierte Meisterstück des reinen Verstandes; man muß es frierend bewundern, und bewundernd frieren; denn ins Gemüt dringts nicht und kanns nicht dringen, weil es nicht aus dem Gemüt gekommen ist. Es ist in der Tat unendlich viel Verstand darin, nämlich *prosaischer*, ja sogar Geist und Witz. Gräbt man aber tiefer, so zerreißt und streitet alles, was auf der Oberfläche so vernünftig zusammenzuhängen schien. Es fehlt doch an jenem *poetischen* Verstande, der sich in einem Guarini, Gozzi, Shakespeare so groß zeigt. In den genialischen Werken des von diesem poetischen Verstande geleiteten Instinkts, enthüllt alles, was beim ersten Blick so wahr aber auch so inkonsequent und eigensinnig, wie die Natur selbst auffällt, bei gründlicherem Forschen stets innigere Harmonie und tiefere Notwendigkeit. Nicht so bei

> Lessing! Manches in der *Emilia Galotti* hat sogar den Bewunderern Zweifel abgedrungen, die Lessing nicht beantworten zu können gestand. Aber wer mag ins Einzelne gehen, wenn er mit dem Ganzen anzubinden Lust hat, und beinah nichts ohne Anmerkung vorbeigehn lassen könnte? Doch hat dieses Werk nicht seines gleichen, und ist einzig in seiner Art. Ich möchte es eine *prosaische Tragödie* nennen. Sonderbar aber nicht eben interessant ists, wie die Charaktere zwischen Allgemeinheit und Individualität in der Mitte schweben!« (KA 2, S. 116 f.)

Prosaische Tragödie

Nach Schlegel wird *Emilia Galotti* zum bevorzugten Beispiel für Lessings kritisches Genie: Emotionen und Leidenschaften habe er nicht vergegenwärtigen können, seine Figuren ließen die »Unmittelbarkeit« vermissen, die Lessing stattdessen durch planende Rationalität »ersetzt« habe. Meisterhaft habe Lessing die Handlung so konstruiert, dass die Einheit des Ortes und der Zeit gewahrt blieb, und doch hafte gerade dieser Konstruktion das allzu Künstliche an. Mit ihrem Verdikt über Lessing als *Dichter* ziehen Schlegel und Goethe – und damit eine ganze Generation junger Schriftsteller, die sich selbst erst noch einen poetischen Freiraum zu erstreiten hat – die Grenze zur aufklärerischen Dramenkonzeption und Poetik. Am Beispiel dieser letzten zeitgenössischen Rezeptionsphase wird deutlich, in welcher literarischen Situation das Stück erscheint: Zwischen einer als überholt betrachteten aufklärerischen Tragödienkonzeption und den Autonomie-Tragödien des Sturm und Drang spalten sich die Erwartungen an die Wirkungsmöglichkeiten des Dramas. In dem gleichen Maße, in dem von den jungen Dramatikern Shakespeare als Vorbild erhöht und die französischen klassizistischen Dramatiker wie Corneille und Racine abgewertet wurden, wechselte auch die Vorbildfunktion Lessings. Die vollendete, den meisten Regeln folgende Formgebung wurde kritisch betrachtet, während man die Charakterisierung der Personen und die erstrebte Wirkung als beispielgebend ansah.

Wechsel der Vorbildfunktion

Dennoch hat dieser »Widerstreit der Meinungen« der literarhistorischen Klassifizierung des Werks als eines »Klassikers« der deutschen Literatur, wie Bohnen hervorhebt, keinen Abbruch getan:

»Durchbruchswerk«

»*Emilia Galotti* ist der Status eines ›Durchbruchswerks‹ zuerteilt worden, das dem ›bürgerlichen Trauerspiel‹ – sehr viel entschiedener als seine *Miß Sara Sampson* – den Weg aufs Theater eröffnet und damit eine Tradition eingeleitet hat, die die soziale und psychische Konstitution der seitdem tragenden Gesellschaftsschicht als dramatischen Gegenstand aufwertete« (B 7, S. 858 f.).

Übersetzungen

Lessings Trauerspiel – so viel sei schließlich ergänzt – wurde noch vor der Wende zum 19. Jahrhundert ins Französische, Russische, Polnische, Englische und Japanische übersetzt. Auch eine Übersetzung ins Lateinische hat es gegeben: Der Rektor des Gymnasiums in Celle fertigte diese an, und sie wurde von den Schülern aufgeführt. Schließlich gehören auch die Weiter- und Umschreibungen, die in den Folgejahren erschienen, zur Wirkungsgeschichte von *Emilia Galotti*. Gesa Dane zufolge können sie

»zum einen als ein Hinweis für die Bekanntheit der Vorlage gelten. Dann aber zeigen sie in einer besonderen Weise auch die Kritik an dem Trauerspiel. Den Fortsetzungen und Umschreibungen ist gemeinsam, dass sie die von Lessing als ›gemischte Charaktere‹ angelegten komplexen Figuren vereinfachen und mit stereotypen Eigenschaften versehen« (Dane 2002, S. 98; vgl. auch die informative Übersicht ebd., S. 98–105).

Aspekte der Interpretation

Emilia Galotti gehört zweifelsohne zu den am meisten interpretierten Texten der deutschsprachigen Literatur. Peter-André Alt konstatiert eine »prosperierende, kaum noch überschaubare Einzelforschung« (Alt 1994, S. 254, Anm. 48), Horst Steinmetz hat angesichts der Fülle an unterschiedlichen Deutungen die Fragwürdigkeit des Anspruchs demonstriert, die ursprüngliche Absicht des Autors rekonstruieren zu können (Steinmetz 1987), und Monika Fick hat die Unmöglichkeit unterstrichen, sich einem endgültig ›richtigen‹ Verstehen zu nähern:

Unmöglichkeit ›richtigen‹ Verstehens

> »Jeder Satz des Dramas ist hundertfach um- und umgewendet worden, jede These hat die Antithese herausgefordert, jede Argumentationskette hat ihre Widerlegung durch einen gegensinnigen Begründungszusammenhang gefunden. Vielleicht wird erst durch diese Forschungsgeschichte das Stück zu einem Rätsel. Denn wie für *Minna von Barnhelm* gilt zunächst auch für *Emilia Galotti*: Das Werk scheint an und für sich von großer Klarheit. [...] Zugleich aber bewirkt diese Klarheit, daß Gegensätze schroff hervortreten« (Fick 2000, S. 317 f.).

Indem Lessing nun diese Gegensätze zusammenprallen lasse, kombiniere er sie zugleich und verknüpfe das scheinbar Unvereinbare:

> »Hierin liegt die Herausforderung für die Interpretation. In endlosen Variationen suchte und sucht man nach den inneren Zusammenhängen des einfachen und doch so kontrastreichen, komplexen Geschehens in Lessings *Emilia Galotti*« (ebd., S. 318).

Interpretationsansätze

Angesichts der problematischen Forschungslage soll im Folgenden versucht werden, die überbordende Menge an Interpretationsansätzen in vier Gruppen zu unterteilen – in politische, soziologische, psychologische und feministische Deutungsvorschläge. Die referierten Positionen begnügen sich damit, wichtige Aspekte wiederzugeben und zugleich durch die Abfolge der Textauszüge auch einen kleinen Einblick in die Geschichte der Interpretation von Lessings Drama zu ermöglichen.

Bereits mit der Bearbeitung des Virginia-Stoffes begründet *Emilia Galotti* eine Spannung zwischen dem politischen Gehalt und der psychologischen Motivation. Lessing wählt einen eminent politischen Stoff, um ihn »von allem Staatsinteresse zu befreien« (vgl. Kap. ›Entstehung‹). Auch wenn in dem Stück nicht um bürgerliche Freiheit, sondern um moralische Werte gekämpft wird, auch wenn Lessings primäres Interesse darauf gerichtet ist, den Stoff zu psychologisieren und damit neu zu organisieren, liegt eine der Ursachen für die Katastrophe in der unbeweglichen hierarchischen Struktur der Gesellschaftsordnung. So ist es auch nicht weiter verwunderlich, wenn die *politische Deutungsrichtung* sich dem Verhältnis zwischen dem Prinzen als Herrscher und der bürgerlichen Familie als den Untertanen zuwendet. Insbesondere in der marxistischen Literaturgeschichtsschreibung wird die Familie Galotti mit dem aufstrebenden Bürgertum identifiziert und der beobachtete Klassengegensatz mit der schematischen Konfrontation von Tugend und Laster verbunden (vgl. Mehring 1893 und Rilla [2]1968, S. 263–293). *Emilia Galotti* erscheint in diesem Kontext als Drama der Opposition gegen den Absolutismus. Das Hauptproblem, mit dem sich die Interpretation des Trauerspiels als Revolutionsdrama auseinander zu setzen hat, ist der Umstand, dass – im Unterschied zur stofflichen Vorlage bei Livius und Dionysios von Halikarnassos – der Fürst nicht getötet und seine Position nicht in Frage gestellt wird. Dieser Schwierigkeit wird dadurch zu begegnen versucht, dass das Revolutionäre in die intendierte Wirkung verlagert wird. Lessing habe das Publikum mit seiner Hofkritik politisch aufrütteln wollen, wie Mehring ausführt:

Politische Deutungsrichtung

Drama der Opposition

F. Mehring

> »Tragisch läßt sich der Ausgang der Emilia nicht begründen, und zwar deshalb nicht, weil er sich historisch allzu gut begründen läßt. Darin haben die berühmten Kritiker von Friedrich Schlegel bis zu Friedrich Vischer entschieden Unrecht, daß sie die Emilia vom historischen Standpunkt anfechten als die künstliche Übertragung einer That rauher Römertugend in moderne Zustände. [. . .] [I]n der berühmten Erzählung des Livius erkannte der junge Lessing zuerst die empörendste und erschütterndste Begleiterscheinung der sozialen Unterdrükkung, die Vergewaltigung der jungfräulichen Ehre, die im

achtzehnten Jahrhundert so modern war, wie vor zweitausend Jahren, wie sie heute noch ist und wie sie immer sein wird, so lange soziale Unterdrückung besteht. Lessing bewährte seinen sozialen Scharfblick, wenn ihm jenes tragische Moment in seiner weltgeschichtlichen Allgemeinheit unendlich viel bedeutsamer erschien, als der einzelne Fall, der den zufälligen Anstoß zu einer politischen Umwälzung gegeben hatte« (Mehring 1893, S. 350 f.).

Gert Mattenklott hingegen betont, in Odoardo spiegelten sich die politische Unmündigkeit und Untätigkeit des deutschen Bürgertums, das eher dazu bereit sei, sich selbst zu zerfleischen, als die Waffe gegen seine Unterdrücker zu richten: G. Mattenklott

»Heftig ist in diesem Stück die Aggressivität gegen den Despotismus. [. . .] Doch diese Aggressivität ist blockiert, und so schlägt sie selbstzerstörerisch nach innen. Die bürgerliche Moral kann sich dem Despotismus gegenüber nur als körperloses Ideal behaupten, die sinnliche Welt muß diesem überlassen bleiben« (Mattenklott 1980, S. 295).

Die Herausarbeitung der politischen Dimension des Trauerspiels ist daher v. a. an die Interdependenz von Politik und Moral gebunden. Den Versuch einer solchen Klärung unternimmt Jochen Schulte-Sasse, der Lessings Trauerspiel als Drama versteht, das die bürgerliche Hoffnung auf die Kraft der Moral desillusioniere. Ausgangspunkt seiner Untersuchung ist die Überlegung Reinhart Kosellecks (1959), bürgerliche Werte und Normen seien zur Signatur des Menschlichen erhoben worden. Der Mensch wurde verstärkt verstanden als individuelle Verwirklichung des Menschseins durch Weltorientierung, Selbstbestimmung und Selbstgestaltung. Zentrum der aufklärerischen Theorie des Menschen war die Selbständigkeit der intellektuellen und moralischen Person. Der gesteigerten Betonung der Reflexivität des Menschen entsprach eine verstärkte Individualisierung. Die Auffassung, das Menschsein sei kein Zustand, in den der Mensch hineingeboren werde, sondern sei eine Aufgabe, der er durch Erziehung und die Entwicklung seiner Anlagen und Fähigkeiten zu genügen habe, beherrschte die aufklärerischen Reflexionen über das Wesen des ›homme moral‹. Aus der wesentlichen Gleichheit der menschlichen Natur leitete man ab, dass

J. Schulte-Sasse

Aufklärerische Theorie des Menschen

der Mensch als ein sich selbst bestimmendes politisches Subjekt, als Staatsbürger sowie als Rechtssubjekt zu konzipieren sei. Der Vereinzelung des Menschen korrespondierte die rationale Konstruktion der Gesellschaft. Politische Herrschaft erscheint von nun an als eine vom Menschen abgeleitete, sekundäre Größe; sie konnte sich nicht mehr zeitlos aus sich selbst als eine natürliche Vorgabe menschlicher Existenz rechtfertigen. Dementsprechend glaubte man, dass im Zuge der fortschreitenden Verwirklichung von Vernunft und Menschlichkeit auch in der politischen Realität die Standesgrenzen funktionslos würden. Nach Schulte-Sasse hat Lessing das aufklärerische Modell insofern sogar noch überschritten, als es seine Leistung sei, das Illusionäre der Hoffnung auf die moralische Erziehung des Fürsten zu zeigen (Schulte-Sasse 1975).

S. Sanna

Dass Lessing in seinem Trauerspiel ein eminent politisches Bewusstsein an den Tag lege, unterstreicht auch Simonetta Sanna in ihrem Versuch, das »Spannungsfeld« von Politik und Moral zu bestimmen. Für sie ist *Emilia Galotti* ein Drama der Bürgerfeigheit; »Moral« erscheint in ihrer Sicht von vornherein als Unmoral, als sinnentleerter Tugendrigorismus, der jegliches Handeln der Figuren blockiere:

> »Das Feld der Moral ist für die Galotti [sic!] wie für Appiani überdeterminiert durch Normen, Verbote, Vorbilder, Beispiele, Tabus, Rigorismen. [...] Die anti-höfische Opposition speist sich aus der Fülle der Moral und wandelt sich zur Starrheit, die sich jedoch gegen sie selbst wendet und zur Selbstaufgabe führt. Von daher die Mitschuld der Privatpersonen an Emilias Tod. Unfähig, den Prinzen zu bekämpfen, und erdrückt von dem Verdikt ihrer Moral, bleibt ihnen kein anderer Ausweg als das Unmenschliche des Selbstmordes. Für Lessing entspricht das Fehlen einer politischen Dimension bei den Privatpersonen einem politischen Verhalten, das dem Prinzen die Initiative überläßt« (Sanna 1988, S. 83).

Während letztgenannte Analysen die tragische Handlung mit der Konfrontation zwischen Adelsherrschaft und Bürgertum verbinden bzw. das Fehlen eines solchen Konflikts als in politischer Hinsicht bedeutsames Defizit beklagen, konzentrieren sich andere Deutungen auf die Interaktionen der Figuren. So hebt

Manfred Durzak die Abhängigkeit hervor, die zwischen den Figuren herrsche. Dadurch dass sich die Handlungsträger aus ihrer gesellschaftlichen und/oder familiären Abhängigkeit nicht zu lösen vermögen, komme es zur Katastrophe (Durzak 1969). Die Pointe der Modernisierung des Virginia-Stoffs liegt nach Gisbert Ter-Neddens Ansicht darin, dass Lessing Kritik an der Gewalttätigkeit übe und die Prämissen, die zu der tödlichen Konfrontation führten, in Frage stelle, indem er das Unnötige der Tragödie zeige (Ter-Nedden 1986, S. 164–237). Ter-Nedden spricht mit Ausnahme Emilias keine der dramatischen Figuren von Mitschuld frei, da alle ihre egoistischen Interessen befriedigten. Den unüberwindlichen Gegensatz zwischen den Handelnden interpretiert er jedoch nicht als Klassengegensatz oder als Gegensatz von absolutistischem Herrscher und bürgerlichen Untertanen, sondern als Resultat der Verhaltensmuster der Figuren, mittels derer Lessing die Unmöglichkeit der Verständigung demonstriere, die schließlich in der Katastrophe kulminiere. Ter-Nedden erkennt in Lessings Trauerspiel, das den Vorurteilscharakter gesellschaftlicher Schranken und Abhängigkeiten bloßlege, das Plädoyer einer »Friedenserziehung« als Politikum. Ohne die Überwindung egozentrischer Positionen lasse sich die im 18. Jahrhundert angestrebte soziale Utopie nicht verwirklichen, die darauf hinauslaufe, soziale Grenzen zu überwinden und ein humanes Miteinander zu verwirklichen:

Das Unnötige der Tragödie

Friedenserziehung als Politikum

> »[D]er Sieg des Freiheitshelden über den Despoten ist für sich ein bloßer Rollen-Tausch, solange nicht sinnfällig wird, daß damit ein neues Interaktions-Muster etabliert wird. Das Ethos des alten aristokratischen Republikanismus, das in den Figuren und Geschichten des Cato, Virginius, Brutus etc. Gestalt gewonnen hat, ist für Lessing allenfalls als Demonstrationsmaterial für einen Macht-Wechsel, der auf Wiederkehr des Gleichen hinausläuft, brauchbar, aber gewiß nicht für eine neue Qualität der Interaktion« (ebd., S. 196).

Als Drama der kritischen Affirmation höfischer Strukturen liest Raimund Neuß (Neuß 1989) Lessings Trauerspiel. Indem Neuß an die Traditionen des Fürstenspiegels, der Satire und an die politische Dimension des Märtyrerdramas erinnert, deutet er die Hofkritik als integralen Bestandteil der Selbststilisierung des

R. Neuß

Hofes im 18. Jahrhundert. Nirgendwo stelle Lessing das gesellschaftliche »System« in Frage, nirgendwo sprenge die im Drama vorgetragene Kritik die moralischen Normen, denen sich der »Hof« zur damaligen Zeit unterworfen habe. Die Galottis seien nicht als aufstrebendes Bürgertum, sondern als Angehörige des niederen Adels zu verstehen. Schließlich sei das Stück auch für ein explizit höfisches Ereignis, die Geburtstagsfeier der Herzogin, geschrieben worden.

Soziologische Deutungsrichtung

Ebenso wie die politische sucht auch die *soziologische Deutungsrichtung* nach überindividuellen Faktoren, die den Selbstmord Emilias und die tragische Katastrophe verursacht haben könnten. Während jedoch der politische Ansatz nach den Möglichkeiten politischen, gesellschaftsverändernden Handelns auf der Figurenebene Ausschau hält, beschreibt der soziologische Ansatz, wie das Handeln durch den sozialen Kontext beeinflusst wird. Aus dieser Perspektive erscheinen die Figuren als durch gesellschaftliche Rahmenbedingungen Geprägte. Betont wird v. a., Lessing habe sein Trauerspiel nicht im gesellschaftsfreien Raum angesiedelt, sondern der Tragödie einen genau bezeichneten sozialen Ort angewiesen. Zum Opfer ihrer Emotionen werden die dramatischen Figuren insbesondere als Vertreter von Werten und Normen, in denen sich auch das Ungleichgewicht der bestehenden Machtverhältnisse widerspiegelt. Vornehmlich Karl Eibl hat diesen Interpretationsansatz befördert, indem er in einer einflussreichen Studie (Eibl 1977) die These von der Überschneidung konträrer gesellschaftlicher Orientierungsmuster in Lessings Tragödien entwickelt. Eibl widmet sich v. a. der Person Hettore Gonzagas; sein spezifisches Dilemma analysiert er vor dem Hintergrund der heroischen Tragödie, deren zentrales Motiv der Konflikt zwischen den »Leidenschaften« und der Staatsraison sei. Der Prinz scheitere am Ende deshalb, weil er dem Gefühl und der Leidenschaft wider die politische Vernunft Ausdruck verleihe:

Beeinflussung durch sozialen Kontext

Opfer ihrer Emotionen

K. Eibl

> »Hier verstößt nicht etwa ein fürstlicher Wüstling gegen ›bürgerliche‹ Normen, sondern der asketische Herrschaftsautomat, als den die Lehre von der Staatsräson den Fürsten in der Konsequenz fordern muß, erlaubt es sich, ›Mensch‹ zu sein, und zwar in einem Sinne, der positiv wäre, wenn es sich eben

nicht um den Fürsten, sondern um einen beliebigen Untertanen handelte. Der Fürst erlaubt sich ›bürgerliche‹ Gefühle und fällt damit aus der ihm zugewiesenen sozialen Rolle, gerät in ›Unruhe‹; entschließt er sich in solcher Situation der sozialen Desorientiertheit zum Handeln, dann *muß* das zu Fehlhandlungen führen, weil fürstliche und bürgerliche Handlungspartitur miteinander interferieren, die fremden Sphären von Macht und Empfindung vermischt werden« (ebd., S. 147 f.).

Die von Eibl konstatierte soziale Desorientiertheit der Figuren, der nicht nur der Prinz, sondern auch die Vertreter der bürgerlichen Sphäre ausgeliefert seien, erzeuge notwendigerweise eine Kette von individuellen Fehlhandlungen, die zur tragischen Katastrophe führten. Durch

Soziale Desorientiertheit

»den Zusammenstoß zweier heteronomer Kontexte gesellschaftlicher Regelmäßigkeiten werden diese Regelmäßigkeiten außer Kraft gesetzt, [. . .] der Zusammenstoß schafft eine atypische Situation, in der keiner mehr planend handeln kann, so daß das Geschehen fast nach einer Naturkatastrophe abläuft« (ebd., S. 155).

Günter Saße (Saße 1988, S. 174–215) entdeckt – neben anderen – in Lessings Trauerspiel »die Familie« als den Ort, an dem das »Bürgerliche« sich realisiere; sie wird zum Synonym für die bürgerliche Lebensweise, indem sie als eine soziale Einheit fungiert, mit Hilfe derer die gesellschaftliche Determination des Individuums erklärbar wird. Für Saße besteht kein Zweifel daran, dass in *Emilia Galotti* zwei Welten gezeigt werden, die in ihren »normativen Ordnungsvorstellungen« einander diametral entgegengesetzt sind (ebd., S. 178). Nach seinem Verständnis geht der Konflikt des Stücks aus dem für das absolutistische System fundamentalen Antagonismus zwischen politischer Un-Moral und privater Moral hervor, der als gesellschaftlicher Widerstreit zwischen höfischem und familiärem Bereich erscheint. Die Familienproblematik ist für Saße das zentrale Thema, dadurch vermittelt rückt erst die soziale und politische Stellung des Bürgertums in den Mittelpunkt des Interesses. Zum einen werde die Zerstörung der Familie durch despotische Übergriffe aus dem übermächtigen politischen in den ungesicherten familiären Bereich

G. Saße

Familienproblematik

zum Anlass der Kritik an einem gesellschaftlichen System, in dem die moralisch denkenden Untertanen ohnmächtig die Unmoral der Herrschenden zu erleiden hätten. Zum anderen zerstöre sich das familiäre System durch den Tugendrigorismus Odoardos und die Ohnmacht Emilias selbst. V. a. Emilias Konflikt am Ende des Stücks erscheine dadurch in einem neuen Licht: »Denn es ist ja keine Antwort auf die Frage zu suchen, warum die bis zum vierten Akt ›fromme‹ und ›gehorsame‹ Tochter plötzlich zur sinnlichen Frau wird, sondern warum Emilia von sich selbst glaubt, [...] verführbar zu sein« (ebd., S. 210). Emilia sei durch ihre Rolle als Tochter definiert; eine doppelte Richtschnur sei ihr durch ihre Erziehung an die Hand gegeben worden: einerseits, dass die Welt außerhalb der Familie lasterhaft sei, andererseits, dass sie selbst als Frau des Schutzes der Familie bedürfe, um ihre Unschuld zu bewahren, weil sie allein dazu nicht in der Lage sei. Ausweglos werde ihre Situation im 5. Akt schließlich dadurch, dass der Vater seiner Rolle als Familienoberhaupt nicht mehr genüge und dass Appiani als potentiell neues Familienoberhaupt sie vor den Nachstellungen des Prinzen nicht bewahren könne. Indem Emilia nach dem Tod des Verlobten ihren Vater dazu aufwiegele, sie zu töten, überwinde sie dessen Handlungsohnmacht und bringe ihn dazu, seiner Rolle als Beschützer ihrer Tugend erneut gerecht zu werden und die Familie durch ihren Tod zu restituieren. Nach Saße dominiert in Lessings Drama ein bis ins 18. Jahrhundert hinein maßgeblicher Familienbegriff, der die Gesellschaft des Ancien régime widerspiegelt. Es entfalte sich in der Aufklärung ein neues Familienbild, das sich in den Kontext von Öffentlichkeit und Privatheit, Politik und Moral, Fremdzwang und Selbstzwang und der Entdeckung der Kindheit stelle. Saße weist auf, welche zentrale Rolle die Literatur – insbesondere das Drama – in diesem Prozess spielt. Als Medium der Selbstverständigung, das die neuen Ideen nicht nur propagiert, sondern auch kritisch hinterfragt, ist sie nach Saße nicht nur Reflex einer ihr äußeren Realität, sondern auch zentrales Instrument in der Ausbildung der neuen familialen Wertewelt.

Im Gegensatz zu den politischen und soziologischen Interpretationsansätzen steht der Grundwiderspruch zwischen der Tugend der Titelheldin und der von ihr mehrfach beschworenen Sinnlichkeit und Verführbarkeit im Zentrum der *textimmanenten Deutungen* des Dramas. Die wesentliche Frage läuft darauf hinaus, ob Lessings Trauerspiel eher als ›Drama der Sittlichkeit‹ oder als ›Drama der Sinnlichkeit‹ zu deuten sei. Differenziert wird zwischen einer Analyse der Plausibilität des Verhaltens von Emilia aus den Zusammenhängen der Tragödie, einer Ableitung der Kriterien für Plausibilität und ›Notwendigkeit‹ der Katastrophe aus dem unterstellten zeitgenössischen Menschenbild und einer psychologischen Motivation der Dramenfiguren, wobei v. a. die gerade sich ausbildende Affektpsychologie im 18. Jahrhundert Berücksichtigung findet.

Textimmanente Deutungsrichtung

In erster Linie Gerd Hillens wegweisendem Aufsatz *Die Halsstarrigkeit der Tugend* (Hillen 1970) ist die Erkenntnis zu verdanken, dass Lessing in seinem Drama die katastrophalen Folgen zeigt, zu denen die ›erhabene‹ Überordnung der Tugend über das Leben führt. Odoardo rekurriere auf einen Tugendbegriff, der wider das Leben gerichtet sei, weil er auf völliger Repression der Sinne beruhe. Die menschliche Natur könne seiner Tugendnorm nicht entsprechen. Aus diesem Blickwinkel fungiert nicht mehr der Prinz, sondern Emilias Vater als der Hauptverantwortliche für das tragische Ende; mit der Konsequenz, dass Emilia nicht als Opfer fürstlicher Willkür, sondern als Opfer familiärer Tugendstrenge und einer Erziehung zu werten ist, in der jede sinnliche Regung als ›Sünde‹ gilt. Hillens Kritik an Odoardos Tugendideal erfährt in den letzten Jahren Bestätigung durch die neuen Erkenntnisse über die Aufwertung der Sinnlichkeit im Zeitalter der Aufklärung; dabei geht es primär um ein Bild vom Menschen, für das die Integration seiner Körperlichkeit konstitutiv ist (vgl. v. a. Schings 1994, Košenina 1995, Fick 1993/2000). Den Rahmen, innerhalb dessen die Sinnlichkeit Bedeutung und Wert gewinnt, bilden dabei die philosophischen, theologischen und ethischen Vorgaben der Epoche, mit denen sich Lessing intensiv auseinandersetzt. Insbesondere in seinen Dramen thematisiert er die Repression der Sinnlichkeit. Seine Figuren demonstrieren aus dieser Sicht die Technik der »Diskursivierung«, mittels derer die Impulse der erotischen Leidenschaft abgespalten werden und der Körper zum Fremdkörper wird (vgl. Utz 1990, Greis 1991, Schmitt 2002).

G. Hillen

Tugendbegriff

Sinnlichkeit und Sexualität

Das Thema ›Sinnlichkeit und Sexualität‹ ist mit den zeitbedingten moralischen und religiösen Rahmenvorstellungen nicht mehr kompatibel. Bezogen auf *Emilia Galotti* wäre Emilias Ausspruch »Ich habe Blut, mein Vater; so jugendliches, so warmes Blut, als eine. Auch meine Sinne, sind Sinne. Ich stehe für nichts. Ich bin für nichts gut« (V, 7) nicht mehr im Kontext der Verführung und Sünde zu lesen, sondern im Kontext der Natürlichkeit. Unklar bleibt in den meisten Arbeiten jedoch, was genau unter ›Natürlichkeit‹ zu verstehen ist? Lässt sich diese Stelle als ein Plädoyer Lessings für sexuelle Freizügigkeit deuten? Muss man gar den Schluss ziehen, die Verfehlung Emilias liege darin, dass sie ihr sexuelles Begehren nicht einfach befriedigt und dem Werben des Prinzen nachgibt, anstatt sich das Leben zu nehmen? Saße differenziert an dieser Stelle, wenn er bemerkt, dass eine Wahlmöglichkeit – Tugendrigorismus oder Ausleben der Sexualität – gar nicht zur Debatte stehe. Der skandalöse Schluss sei vielmehr darin zu suchen, dass Emilia sich für zu schwach halte, um den Verführungskünsten des Prinzen zu widerstehen (Saße 1988). Somit negieren diejenigen Interpreten, die in Emilias Tod einen Sieg des sittlichen Willens und einen Akt der Freiheit sehen, die Angst vor Verführung und das Misstrauen in die eigene Sinnlichkeit als ausschlaggebende Motive für Emilias Todeswunsch. Zum Opfer scheint Emilia prädestiniert, weil sie unter dem Einfluss einer Erziehungspraxis steht, die ihr sittlich-religiöse Grundsätze, aber keine natürliche Beziehung zu den Affekten vermittelt hat, Tugend als Negation jeglicher Form von Sinnlichkeit begreift und Erfahrungsentzug für das geeignete Instrument zur Durchsetzung ihres moralischen Rigorismus hält. Auf diese Weise bleibt der mitreißende, den Verstand unterminierende Strom der Leidenschaften *das* psychologische Thema des Trauerspiels.

Fragilität des Menschen

Nach F. J. Lamport zeige Lessing aber gerade die Fragilität der Menschen, ihr Getriebensein. In die Mitte seiner Analyse rückt er deshalb Emilias Beschwörung der Macht der Sinne. Ihre Erkenntnisse seien im Zusammenhang mit der erotischen Revolution der Goethezeit und der Romantik zu sehen. Ohne die moralische Aufwertung der sinnlichen Liebe zu teilen, übernehme Lessing das psychologische Wissen von deren Unwiderstehlichkeit (Lamport 1981). Dementsprechend steht die Konzentration auf die Rolle der Affekte im Mittelpunkt der jüngeren Analysen der *Emilia Galotti.* Als das eigentliche Problem zeichnet sich dabei erstens die Frage ab, wie sich bei Lessing die Darstellung der Gefühle mit der Deutung der Welt oder aber des Menschen insgesamt verbinde, und zweitens, in welchem gedanklichen Horizont die Erkenntnis von der Gewalt der Affekte anzusiedeln sei. Für Peter-André Alt zeigen

Rolle der Affekte

P.-A. Alt

> »sämtliche dramatis personae [...] sich beherrscht durch eine Vielzahl verschiedenster Leidenschaften, irrationaler Ahnungen und gemischter Empfindungen; selbst Marinelli, der fast stets den kühlen Kopf bewahrt, verliert im Laufe des Geschehens, wie das Orsina-Gespräch zeigt, die habitualisierte Contenance des Höflings und verstrickt sich in Widersprüche, die seine beträchtliche Nervosität dokumentieren. Die Gewalt der Emotionen und die unheimliche Dominanz des Irrationalen, das die gesamte Handlung regiert, bekunden sich schon in der Art und Weise, wie die Figuren auftreten« (Alt 1994, S. 261).

Obwohl Lessings Figuren durch unterschiedliche Wertvorstellungen und gesellschaftliche Gegensätze voneinander getrennt würden, vereine sie die Tatsache, dass sie gleichermaßen im Bann der Leidenschaften stehen. Vor allem anderen ist *Emilia Galotti* für Alt ein Trauerspiel der Emotionen und der Sinnlichkeit, das die bedrohliche Macht des Irrationalen ebenso darstellt wie die Unfähigkeit des Menschen, Affekt und Vernunft in ein harmonisches Gleichgewicht zu bringen. Besonders eindringlich zeige sich dieser Umstand an den Antagonisten des Dramas, an Odoardo und dem Prinzen, die zumeist als gegensätzliche Charaktere und Vertreter verschiedener sozialer Wertesysteme interpretiert werden, gleichwohl aber Gemeinsamkeiten aufweisen:

Trauerspiel der Emotionen und der Sinnlichkeit

> »Odoardo und der Prinz verkörpern a priori Charaktere, die dem Sturm der Affekte wehrlos gegenüberstehen; ist Gonzaga der ›Raub‹ seiner erotischen Leidenschaften, so Odoardo das Opfer eines cholerischen Temperamentes. Vergleichbar liegen die Verhältnisse bei Emilia und der Gräfin Orsina. Auch sie sehen sich in entscheidenden Momenten von Emotionen bestimmt, die die Kräfte der Vernunft lähmen. Die

Orsina wird zwar von Marinelli ironisch als ›Philosophin‹ (IV, 3) tituliert und beweist ihre Verstandesgaben gerade im Dialog mit dem Höfling aufs beste, steht jedoch wie die anderen dramatis personae ebenfalls unter dem dominierenden Einfluß der Leidenschaft. Eifersucht, gekränkte Eitelkeit und Haß regieren ihre Handlungen und lassen sie zur, freilich gemäßigten, Nachfolgerin der Marwood [aus Lessings Drama *Miß Sara Sampson*] werden, die das tödliche Geschäft der Rache nicht mehr selbst übernehmen, sondern anderen übertragen möchte. Lessing verdeutlicht hinreichend, daß die Orsina, so vernünftig ihre Einsichten bisweilen auch wirken, ein Opfer unkontrollierter Affekte bleibt und sich außerstande zeigt, ihren Leidenschaften Einhalt zu gebieten. Die Rachgier der gekränkten Mätresse wird zum Funken, der die Lunte in Brand setzt und jene Katastrophe auslöst, die dann nicht dem ›Staatsinteresse‹ Genüge tut, sondern die Ohnmächtigen trifft. Eifersucht und Zorn, personifiziert in Orsina und Odoardo, evozieren den exitus infelix, der, genau betrachtet, weniger das Resultat eines moralischen Notstands als vielmehr die Folge verschiedener affektiver Fehldispositionen bildet« (ebd., S. 262 f.).

M. Fick Monika Fick sucht dem Synthese-Denken der Spätaufklärung gerecht zu werden, indem sie die Leidenschaften als »verworrene Perzeptionen« dechiffriert, denen die Orientierung auf das »Gute« immanent sei (Fick 1993). Ulrike Zeuch dagegen, die von der unüberbrückbaren Spaltung zwischen Verstandesdenken und Emotionalität ausgeht, kann bei Lessing nur noch den Affekt in seiner Reinform wahrnehmen. Indem ausschließlich die Macht und Dominanz der Affekte gezeigt werde, bleibe der Weg zu einer diskursiven Nachforschung von Motiven und Charakteren verschlossen (Zeuch 1999). Für Fick ergibt sich das Sinnwidrige »aus den beiden Komponenten, die, Lessings Theorie zufolge, die Pfeiler des dramatischen Plans ausmachen: Aus den Komponenten ›Kausalität‹ und ›Leidenschaft‹« (Fick 2000, S. 333 f.). Dabei habe Lessing die Handlung so eingerichtet, dass die Kausalität den Leidenschaften der Figuren entspringe. Die Leidenschaften, aufgrund derer die Figuren sich förmlich in ihre Taten stürzen, verliehen dem Geschehen, das von vielen Zufällen bestimmt zu sein scheine, die innere Folgerichtigkeit. Daher seien die Figuren des Stücks allesamt Getriebene ihrer Leidenschaften, und ihre Leidenschaften trieben sie unausweichlich in den Untergang. Mit großer Subtilität inszeniere Lessing das Gegeneinander von Leidenschaft und Vernunft, »besser: die fortschreitende Überwältigung der Vernunft durch die Leidenschaft«:

Gegeneinander von Leidenschaft und Vernunft

> »Durchsetzen wird sich in Emilias Seele die Sündenangst, die mit dem Bewußtsein der eigenen ›Schwäche‹ unlöslich verschmilzt. Sie liebt die Tugend und weiß doch, daß sie der Verführung keine Widerstandskraft wird entgegensetzen können, daß ihre ›Sinne‹ sie den Weg des Lasters führen werden. Der Selbstmord – nach christlichem Verständnis eine Todsünde – besiegelt das Erliegen der Vernunft unter dem Ansturm der Sinne. Er stellt keine Lösung des Konflikts dar, sondern ist Flucht. Wie Emilia es aus der Kirche getrieben hat, so treibt es sie jetzt in den Tod. Als eine Affekthandlung bestätigt dieser ihr Freitod die Unentrinnbarkeit der Leidenschaften« (ebd., S. 335).

Zu Recht wird beobachtet, dass die Affekte, von denen die dramatis personae zu ihren Taten getrieben werden, mit moralischen Empfindungen vermischt sind, was auch Fick noch einmal unterstreicht:

Sündenangst

> »Emilias Sündenangst schließlich ist per definitionem an die Vorstellung von ›Gut‹ und ›Böse‹ gebunden. Es handelt sich um ein Gefühl, das einen Erkenntnisakt, wie verworren dieser auch immer ist, spiegelt. So scheint sich doch ein Ausweg aus der Tragödie der Leidenschaften zu öffnen. Die Figuren haben zwar ihren Untergang immer nur sich selbst zuzuschreiben, doch scheinen in ihnen auch die Kräfte angelegt, die zur Überwindung des Konflikts befähigen. Die Leidenschaften, die ›im Moment‹ der Tragödie die Beteiligten zu tödlichen Zielen verleiten, enthalten in sich ›Vorstellungen‹ und ›Bilder‹ von Schönheit, Gerechtigkeit, Liebe und Treue, die nur der Verdeutlichung und Klärung zu bedürfen scheinen, um zur Güte zu lenken« (ebd., S. 337).

Aus dieser Sicht impliziert die Tragödie nach Fick den Appell, Vernunft und Sinnlichkeit zu integrieren. Doch auch dieser Versuch führe in eine gedankliche Aporie:

> »Denn immer bleibt die Frage ohne Antwort: Wenn in den Leidenschaften selbst die moralische Orientierung steckt, warum behalten dann die Vernichtungsphantasien die Oberhand, die Phantasien von Rache und Wollust? Warum dominiert nicht die Leidenschaft zum Guten? Heißt ›Veredelung‹ der Leidenschaften letztlich nicht doch deren Umpolung, Schwächung, Unterdrückung?« (Ebd., S. 338)

Die Antwort aus diesem Dilemma ergebe sich aus dem Wirkungspotential, der Erregung von Mitleid:

Erregung von Mitleid

> »Im Mitleid ist die Existenz der Figuren bejaht, ist ihr moralischer Wert jenseits ihrer Fehler gleichsam anerkannt. Das Mitleid revidiert die Sündenangst und durchbricht den Rachemechanismus. Vor dem Forum der Vernunft halten die Entscheidungen der Figuren nicht Stich. Die Instanz des Gefühls jedoch heißt ihr verworrenes Streben ›gut‹. Das Mitleid allein setzt die Optik frei, aus der heraus der dramatische Plan die ›beste aller möglichen Welten‹ transparent macht – eine Welt, die auf eine mitleidige Optik angewiesen ist« (ebd., S. 338).

Psychoanalytische und feministische Theoriemodelle

Angesichts der Deutlichkeit, mit der sich Emilia über ihre Sexualität äußert, verwundert es nicht, dass auch *psychoanalytische und feministische Theoriemodelle* auf Lessings Trauerspiel angewendet wurden. Den Begriff der ›Triebgebundenheit‹ aufgreifend, rückt v. a. Emilias Todestrieb, der als ein zensierter Liebestrieb gedeutet wird, ins Zentrum der Betrachtung (vgl. Reh 1981, Neumann 1977 und Denneler 1987). So beschäftigt sich etwa Brigitte Prutti mit der fiktionalen Seinsweise der weiblichen Figuren und der Geschlechterbeziehungen in Lessings Dramen (Prutti 1994 und 1996). Die Frau in der Gestalt eines der vielen Bilder des Weiblichen sei eine Erscheinung des Trauerspiels und werde hier als ästhetisches Objekt zum Gegenstand männlichen Begehrens. Die entsprechende Grundthese Pruttis zu *Emilia Galotti* ist die einer Verbildlichung der vom Prinzen begehrten Frau: Im Verlauf der Dramenhandlung werde die aufgrund der ästhetischen Repräsentation mit den erotischen Phantasien des Prinzen besetzte weibliche Figur in das heroische Wunschbild ihres Vaters transformiert, der die Tochter als Gegenstand seines unbewussten inzestuösen Verlangens von An-

B. Prutti

Gegenstand männlichen Begehrens

fang an in ein asexuelles Tugendbild umzuschaffen gesucht habe. Odoardos Hass auf den Prinzen sei von Eifersucht diktiert, die Vorstellung, dass seine Tochter Hettore Gonzaga körperlich begehre, mache ihn vor Wut blind. In der Schlussszene verführe Emilia den Vater, da auch ihre Liebe zu ihm inzestuös sei, wie ihr Werben um dessen unbedingte und ungeteilte Zuneigung zeige. Der Preis für die narzisstische Umarmung sei die Zerstörung des Körpers. Für Prutti handelt es sich bei *Emilia Galotti* »um ein mit dem schlechten Gewissen des Aufklärers Lessing geschriebenes Trauerspiel, dessen Schlußszenen das Unbehagen seines Autors angesichts der eigenen Traditionsverhaftetheit in bezug auf das von der Aufklärung diskreditierte Menschenopfer (Frauenopfer) deutlich eingeschrieben ist«:

Zerstörung des Körpers

> »Der Dramatiker Lessing, dem das heroische Sterben und ein Märtyrertum christlicher Prägung gleichermaßen fremd geworden sind, setzt hier eine in der problematischen Beziehung zwischen Vater und Tochter verankerte Opferhandlung in Szene und kennzeichnet dieses Frauenopfer zugleich als sinnloses Sterben. So wird das erotische Wunschbild des aristokratischen Verführers in *Emilia Galotti* zwar mittels des Todes der weiblichen Figur zu einem exemplum virtutis umgeschaffen, aber diese gewaltsame Verbildlichung der weiblichen Figur ist innerhalb der Dramenhandlung selbst als fragwürdiges Unterfangen ausgewiesen, das sich zwar nicht dem Versuch einer psychologischen Erklärung, wohl aber jenen geläufigen Sinnzuschreibungen verwehrt, die man zum Zweck einer interpretatorischen Rechtfertigung dieses enigmatischen Dramentodes traditionellerweise herangezogen hat« (Prutti 1996, S. 5).

Zu einem ähnlichen Ergebnis gelangt auch Karin A. Wurst, in deren Augen Lessings Haltung dem patriarchalischen Frauenbild gegenüber nicht affirmativ, sondern kritisch ist (Wurst 1988 und 1990). Der feministische Deutungsansatz sucht insgesamt nach Möglichkeiten, die patriarchalischen Denkmuster zu sprengen und ein Unbewusstes zur Sprache der Figuren, die diese Denkmuster reproduzieren, zu etablieren. Die Grundfrage lautet, ob Emilia eine ihr spezifische Stimme habe, in der weibliches Subjekt-Sein vernehmbar werde. Wurst rekapituliert dement-

Weibliches Subjekt-Sein

sprechend zunächst den Prozess, in dem die Rolle der Frau den ideologischen Bedürfnissen des männlichen Bürgertums gemäß definiert wurde, um dann das Schweigen Emilias, mit dem sie sich den gesellschaftlichen Konventionen unterwerfe, als mitverantwortlich für ihr tragisches Ende zu werten. Nur mit dem Bekenntnis zu ihrer Sinnlichkeit gelinge es ihr, ihre Natur, ihre Affekte und damit den Konflikt authentisch zu artikulieren. Doch

> »[k]urz darauf bringt sie sich durch ihr Sprechen, das nun dieselbe Funktion erhält wie vormals das Schweigen, nämlich durch ihr Pathos von sittlicher Freiheit, um die Erkenntnis ihrer eigenen Natur und zieht sich erneut auf das gängige Tugend-Laster-Schema zurück« (Wurst 1990, S. 123).

Als nicht lösbares Problem erweist sich für Wurst der Widerspruch zwischen Emilias Akzeptanz der sinnlichen Natur, des weiblichen Begehrens auf der einen und ihrer Unmündigkeit auf der anderen Seite.

Neue Dramensprache

Immer wieder wird auch betont, dass sich mit Hilfe der ›neuen Dramensprache‹, die in der *Emilia Galotti* vorgeführt werde, nicht nur Affektzustände facettenreich erfassen, sondern auch Erkenntnisprozesse genauer als bisher wiedergeben lassen. Ein gutes Beispiel hierfür ist Orsinas Gespräch mit Marinelli (IV, 5), das der Gräfin sukzessive Gewissheit über die eigentlichen Zusammenhänge des Geschehens verschafft. Gedankenstriche, Satzbrüche, Parenthesen, Interjektionen und Wiederholungen charakterisieren den Sprachstil der Gräfin und verdeutlichen in kunstvoller Kombination die allmähliche Verfertigung intellektueller Einsichten beim Sprechen. Für Alt verdeckt Lessings Sprachgebung die Leidenschaftlichkeit der Figuren nicht, sondern enthüllt vielmehr, wie sich das Gefühl der rationalen Kontrolle entzieht:

> »Es gehört freilich zum intellektuellen Selbstverständnis des Aufklärers Lessing, daß er die Sprache weiterhin für das zuverlässigste Instrument der Figurencharakterisierung hält und ihr gegenüber die Möglichkeiten der gestisch-mimischen Darstellung in den Hintergrund drängt. Das vor allem unterscheidet ihn von den Stürmern und Drängern, in deren Dramen das stumme Spiel des menschlichen Körpers entscheidend an Bedeutung gewonnen hat« (Alt 1994, S. 258).

Zu einem anders gelagerten Ergebnis kommt Alexander Košenina, der Körperausdruck und Sprache in Lessings Trauerspiel zu einer ›eloquentia corporis‹ verbunden sieht:

Körperausdruck und Sprache im Trauerspiel

»Körperausdruck *und* Sprache, Gebärde *und* Stimme, Malerei *und* Poesie, Sehen *und* Hören sind in jedem Falle die zusammenwirkenden wie sich wechselseitig korrigierenden Kräfte in diesem Trauerspiel. Dabei kommen nicht nur diese schauspieltechnischen Wirkungsmittel zum Einsatz, sondern sie werden selbst zum Gegenstand eines theoretischen Beitrags zur Verstellungs- und zur Schauspielkunst. Besonders interessant ist in diesem Zusammenhang der ästhetische Diskurs zwischen dem Prinzen und dem Maler Conti im ersten Aufzug, dessen Funktion innerhalb der Exposition manchen Zeitgenossen mit Ratlosigkeit erfüllte. [...] Ähnlich wie in *Miß Sara Sampson* wird die Körpersprache in *Emilia Galotti* gezielt zur aufklärerischen Kritik an der höfischen Verstellungskunst eingesetzt. Zugleich aber bleibt das Drama das beliebteste Anwendungsfeld dieser politischen Strategie, läßt sich doch gerade aus der Dissimulation und der Dechiffrierung einzelner Personen wertvolles dramatisches Kapital schlagen, das sich bei der Schürzung des tragischen Knotens gewinnträchtig anlegen läßt« (Košenina 1995, S. 202; 208).

Kunstgriff: Verknüpfung

Die kurze Skizze der unterschiedlichen Forschungspositionen sollte deutlich gemacht haben, dass der spezielle Kunstgriff von Lessings Trauerspiel darin besteht, das Drama der fehlverstandenen bürgerlichen Tugend mit der Tragödie der Leidenschaften und der politischen Problematik verknüpft zu haben. Der alte Streit der Forschung, ob *Emilia Galotti* als Beitrag zur Kritik des Absolutismus, als Familiendrama, als Drama der Sittlichkeit oder als Tragödie der Sinnlichkeit zu lesen sei, ist, wie die jüngeren Beiträge zur Einordnung des Dramas in den Kontext der literarischen Anthropologie im 18. Jahrhundert verdeutlichen, ohne Frage hinfällig. Erst in der *Verknüpfung* dieser unterschiedlichen Deutungsaspekte dokumentiert sich die ästhetische Qualität *und* Aktualität von Lessings Trauerspiel. In der Entwicklungsgeschichte der Tragödie der Aufklärung bildet *Emilia Galotti* gleichzeitig ihren Höhepunkt und Abschluss. Geschult an den Gesetzen der Normpoetik und auf der Grundlage einer

Höhepunkt und Abschluss

streng aristotelischen Dramaturgie (vgl. hierzu sehr informativ und gut komprimiert: Pelster 2002, S. 40–45) zeigt Lessings Drama die beträchtlichen Wirkungsmöglichkeiten einer regelmäßig gebauten Tragödie, die in der Moralität der Leidenschaft kulminiert. Der auch für die heutige Zeit sichtbare Reiz der *Emilia Galotti* liegt

> »in der Intelligenz der formalen Konstruktion, dem kühlen Kalkül der szenischen Chronologie, der psychologischen Subtilität der Konfliktdarstellung. Die junge Autorengeneration des Sturm und Drang mochte dem ausgereiften Meisterstück der dramatischen Rechenkunst den Respekt nicht verweigern; leidenschaftlich begeistern konnte sie sich für Lessings Trauerspiel kaum. Orientiert am großen Vorbild Shakespeare, beschritt man jetzt andere Wege; sie führten fort von der aristotelischen Wirkungslehre, hinein in die weitgehend unerschlossenen Reservate des Charakterdramas« (Alt 1994, S. 269).

Bibliografie

Ausgaben

Trauerspiele von Gotthold Ephraim Lessing. Miß Sara Sampson. Philotas. Emilia Galotti. Berlin: Voß, 1772. (Erstdruck der *Emilia Galotti*)

Gotthold Ephraim Lessings sämtliche Schriften, hg. v. Karl Lachmann. 23 Bde. 3., aufs Neue durchgesehene und vermehrte Auflage besorgt durch Franz Muncker. Stuttgart/Leipzig/Berlin: Göschen/de Gruyter, 1886–1924. – Unveränderter Nachdruck Berlin/New York: de Gruyter, 1979 (zit.: LM [mit Band- und Seitenangaben])

Gotthold Ephraim Lessing: *Werke*, in Zusammenarbeit mit Karl Eibl u. a. hg. v. Herbert G. Göpfert. 8 Bde. München: Hanser, 1970–1979 (zit.: G [mit Band- und Seitenangaben])

Gotthold Ephraim Lessing: *Werke und Briefe in zwölf Bänden*, hg. v. Wilfried Barner u. a. Frankfurt/M.: Deutscher Klassiker Verlag, 1985–2003 (hier: Bd. 7: Werke 1770–1773, hg. von Klaus Bohnen, S. 291–371; die Wiedergabe des Erstdrucks unter Einarbeitung aller nachweislichen Korrekturen Lessings in dieser Ausgabe bildet die Textgrundlage für den vorliegenden Band; zit.: B [mit Band- und Seitenangaben])

Quellen

Materialien und Dokumentationen

Braun, Julius W. (Hg.): *Lessing im Urtheile seiner Zeitgenossen. Zeitungskritiken, Berichte und Notizen, Lessing und seine Werke betreffend, aus den Jahren 1747–1781.* 3 Bde. Berlin 1884–1897 – Nachdruck Hildesheim 1969 (zit.: Braun [mit Band- und Seitenangaben])

Dane, Gesa (Hg.): *Gotthold Ephraim Lessing: Emilia Galotti. Erläuterungen und Dokumente.* Stuttgart 2002

Daunicht, Richard: *Lessing im Gespräch. Berichte und Urteile von Freunden und Zeitgenossen.* München 1971

Henning, Hans (Hg.): *Lessings ›Emilia Galotti‹ in der zeitgenössischen Rezeption.* Leipzig 1981

Lessing, Karl Gotthelf: *Gotthold Ephraim Lessings Leben, nebst seinem übrigen literarischen Nachlasse.* 3 Bde. Berlin 1793–95 – Nachdruck Hildesheim u. a. 1998

Müller, Jan-Dirk (Hg.): *Gotthold Ephraim Lessing: Emilia Galotti. Erläuterungen und Dokumente.* Stuttgart ^{2}1993

Schulz, Ursula: *Lessing auf der Bühne. Chronik der Theateraufführungen 1748–1789.* Bremen/Wolfenbüttel 1977

Steinmetz, Horst (Hg.): *Lessing – ein unpoetischer Dichter. Dokumente aus drei Jahrhunderten zur Wirkungsgeschichte Lessings in Deutschland.* Frankfurt/M./Bonn 1969

Einzelwerke

Aristoteles: *Poetik.* Griechisch/Deutsch, übersetzt u. hg. v. Manfred Fuhrmann. Stuttgart 1982

Cronegk, Johann Friedrich von: *Schriften,* Bd. 1. Leipzig 1760

Goethe, Johann Wolfgang: *Werke. Hamburger Ausgabe in 14 Bänden,* hg. v. Erich Trunz, 5.–11. Aufl. der Einzelbde. München 1975–1981 (zit.: HA [mit Band- und Seitenangaben])

–: *Briefe. Hamburger Ausgabe in 4 Bänden,* hg. v. Karl Robert Mandelkow. 2. Aufl. Hamburg/München 1968–1976 (zit.: HA Briefe [mit Band- und Seitenangaben])

Herder, Johann Gottfried: *Sämtliche Werke,* hg. v. Bernhard Suphan. Berlin 1877–1913. Nachdruck Hildesheim 1967–68

Livius, Titus: *Römische Geschichte, Buch I-III.* Lateinisch/Deutsch, hg. v. Hans-Jürgen Hillen. München/Zürich ^{2}1991

Schlegel, August Wilhelm: *Vorlesungen über dramatische Kunst und Literatur,* Bd. 2, hg. v. Edgar Lohner. Stuttgart 1967

Schlegel, Friedrich: *Kritische Ausgabe.* 35 Bde., hg. v. Ernst Beutler unter Mitwirkung anderer Fachgelehrter. Paderborn u. a. 1958 ff. (zit.: KA [mit Band- und Seitenangaben])

Interpretationen

Alt, Peter-André: *Tragödie der Aufklärung. Eine Einführung.* Tübingen/Basel 1994

Barner, Wilfried: *Produktive Rezeption. Lessing und die Tragödien Senecas.* München 1973

–: »Lessing als Dramatiker«, in: *Aufklärung in Deutschland,* hg. v. Paul Raabe und Wilhelm Schmidt-Biggemann. Bonn 1979, S. 111–138

–: »›Zu viel Thränen – nur Keime von Thränen‹. Über *Miß Sara Sampson* und *Emilia Galotti* beim zeitgenössischen Publikum«, in: *Das weinende Saeculum,* hg. v. d. Arbeitsstelle 18. Jahrhundert (Wuppertal). Heidelberg 1983, S. 89–105

–: u. a. (Hg.): *Lessing. Epoche, Werk, Wirkung.* München 1975 (5., neu bearbeitete Auflage 1987, ^{6}1998)

–: *Goethe und Lessing. Eine schwierige Konstellation.* Göttingen 2001

Bohnen, Klaus: [Kommentar zu:] Gotthold Ephraim Lessing: *Werke 1770–1773.* Frankfurt/M. 2000 (*Werke und Briefe in zwölf Bänden,* hg. v. Wilfried Barner u. a. Frankfurt/M. 1985–2003, Bd. 7, S. 828–871)

Denneler, Iris: »›Das einzige Wort!‹ – ›Buchstabieren Sie es zusammen!‹ Ein Versuch, *Emilia Galotti* neu zu lesen«, in: *Germanisch-Romanische Monatsschrift* N. F. 37 (1987), S. 36–51

Dreßler, Thomas: *Dramaturgie der Menschheit – Lessing.* Stuttgart/Weimar 1996

Durzak, Manfred: »Das Gesellschaftsbild in Lessings *Emilia Galotti*«, in: *Lessing Yearbook* 1 (1969), S. 60–87
Eibl, Karl: »Identitätskrise und Diskurs. Zur thematischen Kontinuität von Lessings Dramatik«, in: *Jahrbuch der Deutschen Schillergesellschaft* 21 (1977), S. 138–191
Fick, Monika: »Sinnlichkeit und Vernunft. Ein ungeklärtes Verhältnis. Wichtige Publikationen zu Lessings bürgerlichem Trauerspiel«, in: *Diskussion Deutsch* 131 (1993), S. 222–227
–: »Verworrene Perzeptionen. Lessings *Emilia Galotti*«, in: *Jahrbuch der Deutschen Schillergesellschaft* 37 (1993), S. 139–163
–: *Lessing-Handbuch. Leben – Werk – Wirkung*. Stuttgart/Weimar 2000
Frenzel, Elisabeth: *Stoffe der Weltliteratur. Ein Lexikon dichtungsgeschichtlicher Längsschnitte*. Stuttgart [3]1970, S. 762–765 [Darstellung des Virginia-Stoffs]
Greis, Jutta: *Drama Liebe. Zur Entstehungsgeschichte der modernen Liebe im Drama des 18. Jahrhunderts*. Stuttgart 1991
Hillen, Gerd: »Die Halsstarrigkeit der Tugend. Bemerkungen zu Lessings Trauerspielen«, in: *Lessing Yearbook* 2 (1970), S. 115–134
Kiesel, Helmuth: *»Bei Hof, bei Höll«. Untersuchungen zur literarischen Hofkritik von Sebastian Brant bis Friedrich Schiller*. Tübingen 1979
Koselleck, Reinhart: Kritik und Krise. Eine Studie zur Pathogenese der bürgerlichen Welt. Frankfurt/M. 1959
Košenina, Alexander: *Anthropologie und Schauspielkunst. Studien zur ›eloquentia corporis‹ im 18. Jahrhundert*. Tübingen 1995
Lamport, F. J.: *Lessing and the Drama*. Oxford 1981
Mattenklott, Gert: »Drama – Gottsched bis Lessing«, in: Ralph-Rainer Wuthenow (Hg.): *Zwischen Absolutismus und Aufklärung: Rationalismus, Empfindsamkeit, Sturm und Drang. 1740–1786*. Reinbek bei Hamburg 1980, S. 277–298
Mehring, Franz: *Die Lessing-Legende. Eine Rettung*. Stuttgart 1893 – Nachdruck Berlin 1963
Meyer, Reinhart: *›Hamburgische Dramaturgie‹ und ›Emilia Galotti‹. Studie zu einer Methodik des wissenschaftlichen Zitierens entwickelt am Problem des Verhältnisses von Dramentheorie und Trauerspiel bei Lessing*. Wiesbaden/Frankfurt/M. 1973
Neumann, Peter Horst: *Der Preis der Mündigkeit. Über Lessings Dramen. Anhang: Über Fanny Hill*. Stuttgart 1977
Neuß, Raimund: *Tugend und Toleranz. Die Krise der Gattung Märtyrerdrama im 18. Jahrhundert*. Bonn 1989
Pelster, Theodor: *Gotthold Ephraim Lessing: Emilia Galotti. Lektüreschlüssel*. Stuttgart 2002
Prutti, Brigitte: »*Coup de Théâtre – Coup de Femme* or: What is Lessing's Emilia Galotti dying from?« In: *Lessing Yearbook* 26 (1994), S. 1–28
–: *Bild und Körper. Weibliche Präsenz und Geschlechterbeziehungen in Lessings Dramen: ›Emilia Galotti‹ und ›Minna von Barnhelm‹*. Würzburg 1996
Reh, Albert M.: *Die Rettung der Menschlichkeit. Lessings Dramen in literaturpsychologischer Sicht*. Bern/München 1981

Rilla, Paul: *Lessing und sein Zeitalter*. Berlin/Weimar ²1968 (= Gotthold Ephraim Lessing: *Gesammelte Werke*, hg. v. Paul Rilla, Bd. 10)
Sanna, Simonetta: *Lessings ›Emilia Galotti‹. Die Figuren des Dramas im Spannungsfeld von Moral und Politik*. Tübingen 1988
Saße, Günter: *Die aufgeklärte Familie. Untersuchungen zu Genese, Funktion und Realitätsbezogenheit des familialen Wertsystems im Drama der Aufklärung*. Tübingen 1988
Schings, Hans-Jürgen: *Melancholie und Aufklärung*. Stuttgart 1977
Schings, Hans-Jürgen (Hg.): *Der ganze Mensch. Anthropologie und Literatur im 18. Jahrhundert*. Stuttgart/Weimar 1994
Schmidt, Erich: *Lessing. Geschichte seines Lebens und seiner Schriften*. 2 Bde. Berlin 1923 – Nachdruck Hildesheim u. a. 1983
Schmitt, Axel: »Der Perlentaucher und die ›fermenta cognitionis‹. Unterwegs zu einem ›neuen‹ Lessing«, in: literaturkritik.de 8 (2002), S. 8–23
Schulte-Sasse, Jochen: *Literarische Struktur und historisch-sozialer Kontext. Zum Beispiel Lessings ›Emilia Galotti‹*. Paderborn 1975
Steinmetz, Horst: »Verstehen, Mißverstehen, Nichtverstehen. Zum Problem der Interpretation, vornehmlich am Beispiel von Lessings *Emilia Galotti*«, in: *Germanisch-Romanische Monatsschrift* N. F. 37 (1987), S. 387–398
Ter-Nedden, Gisbert: *Lessings Trauerspiele. Der Ursprung des modernen Dramas aus dem Geist der Kritik*. Stuttgart 1986
Utz, Peter: *Das Auge und das Ohr im Text. Literarische Sinneswahrnehmung in der Goethezeit*. München 1990
Wurst, Karin A.: *Familiale Liebe ist die ›wahre Gewalt‹. Die Repräsentation der Familie in G. E. Lessings dramatischem Werk*. Amsterdam 1988
–: »Abwesenheit – Schweigen – Tötung: Die Möglichkeiten der Frau? Lessings Funktionalisierung literarischer Klischees«, in: *Orbis Litterarum* 45 (1990), S. 113–127
Zeuch, Ulrike: »Der Affekt – Tyrann des Ichs oder Befreier zum wahren Selbst? Zur Affektenlehre im Drama und in der Dramentheorie nach 1750«, in: Erika Fischer-Lichte/Jörg Schönert (Hg.): *Theater im Kulturwandel des 18. Jahrhunderts. Inszenierung und Wahrnehmung von Körper – Musik – Sprache*. Göttingen 1999, S. 69–89

Wort- und Sacherläuterungen

Personen: Die Figuren des Trauerspiels sind von Lessing erfunden; trotzdem lassen sich bei den Eigennamen Hinweise auf den Kontext der röm. Geschichte (durch ›Appiani‹ und ›Claudia‹ auf den Decemvirn Appius Claudius; vgl. Kap. ›Entstehung‹) und die politischen Konstellationen eines absolutistisch regierten ital. Kleinstaats der Renaissance, in dem Lessing die Handlung ansiedelt, erkennen. So ist der Name des Prinzen von Guastalla, Hettore Gonzaga, nur als Geschlechtsname des Hauses Gonzaga, nicht aber als historische Person belegt. Das ital. Fürstengeschlecht der Gonzaga, das 1328 die Herrschaft über Mantua gewann, erhielt 1433 den Markgrafen-, 1530 den Herzogstitel und erwarb 1536 die Markgrafschaft Montferrat. Mit Francesco Gonzaga erreichte das Geschlecht seine politische und kulturelle Glanzzeit. Nach dem Tod Ludwigs III. spalteten sich die Gonzaga in drei Linien: Sabionetta (bis 1591), Bozzolo (bis 1703) und Castiglione (bis 1819). Zwischen der 1539 erworbenen Grafschaft Guastalla und Sabionetta entbrannte im 17. Jh. ein Erbschaftsstreit, der in Lessings Stück als Anspruch Guastallas auf Sabionetta thematisiert wird. Erst 1703 wurden beide Herrschaftsbereiche vereint. Des Weiteren gibt es eine Reihe von Personen, die durch literarische Vorlagen angeregt wurden (Bandello, Campistron, Crisp; vgl. Schmidt 1923, Bd. 2, S. 6–13) oder ›sprechende‹ Namen tragen: so Orsina (ital. orsa ›die Bärin‹), Angelo (ital. ›Engel‹) und Camillo Rota (lat. rota; ital. ruota ›Rad‹), der entsprechend mit dem Zusatz »einer von des Prinzen Räten« versehen wird. 8.1

Damit befreite Lessing das Virginia-Motiv aus seinem historischen Kontext, verlegte es aber auch nicht ins 18. Jh., was damit zusammenhängen dürfte, dass er durch diese Distanzierung die Möglichkeit einer unreflektierten Identifikation mit zeitgenössischen Konstellationen unterbinden wollte, um stattdessen einen Denkanstoß hervorzuheben, den das Stück geben sollte. Die Darstellung der gesellschaftlichen und politischen Verhältnisse tritt in Lessings Drama deutlich hinter die personalen Herr-

schafts- und Abhängigkeitsverhältnisse zwischen Fürst und Untertanen zurück. Verglichen mit der weitaus komplexeren politischen Realität des 18. Jh.s wird in *Emilia Galotti* ein stark vereinfachtes Staats- und Gesellschaftsmodell sichtbar, das aber die Prinzipien absolutistischer Herrschaft mit ihren Mängeln in aller Schärfe zeigt. Der Hof ist zugleich ein kulturelles Milieu, das informelle Zentrum politischer Entscheidungen, ein großer Patronagemarkt und v. a. der Ort der Begegnung zwischen Herrscher und politisch-sozialer Elite, bei alledem jedoch weniger eine Institution als ein lockerer Verband von Personen. Im Gegensatz zu Livius, bei dem sich die Geschehnisse *coram publico* abspielten, wird bei Lessing im gesamten Stück die Öffentlichkeit ausgespart. Das Volk etwa tritt als *dramatis persona* nirgends in Erscheinung; es bleibt stattdessen im Hintergrund, als Objekt obrigkeitsstaatlicher Maßregelung.
Der für das Drama so wesentliche Antagonismus zwischen höfisch-politischer und privat-familiärer Welt wird schon im Personenregister angedeutet. Die Personen, deren gesellschaftlicher Stand eindeutig festgelegt ist, gehören der höfischen Welt an: der Prinz, Graf Appiani, Gräfin Orsina, der Kammerherr Marinelli; der Maler Conti ist außerhalb des höfischen Kontextes angesiedelt, steht aber in Abhängigkeit von der fürstlichen Gunst, da es offenkundig keine bürgerliche Gesellschaft gibt, die als Auftraggeber für seine Bilder in Frage kommt. Camillo Rota scheint bürgerlicher Herkunft zu sein, ist aber Hofbeamter und damit vom Prinzen persönlich abhängig. Auch die Haupt- und Titelfigur des Trauerspiels, Emilia Galotti, gehört nicht in die höfische Welt des Adels. Die Beschreibung der Familie Galotti und die ländlich-adlige Lebensweise Odoardos lassen vermuten, dass sie dem niederen Adel oder dem Patriziat zuzurechnen ist. Gleichwohl gehören die aufgeführten Personen *in toto* dem gesellschaftlichen Kontext des fürstlichen Hofes an. Ein Gewerbe oder Handel treibendes Bürgertum findet keine Erwähnung. Unter diesen Umständen sollte man auch nicht, wie häufig in der Forschung geschehen, von einem Grundkonflikt zwischen adlig-lasterhafter und bürgerlich-tugendhafter Welt oder gar einem ›Ständedrama‹ sprechen. Im Gegenteil: Die Konfrontation im Drama ergibt sich aus dem für das absolutistische System

fundamentalen Antagonismus zwischen politischer Un-Moral und privater Moral, zwischen höfischer Welt und familiärem Bereich, und – auf ästhetischer Ebene – zwischen Sittlichkeit und Sinnlichkeit der Figuren (vgl. Kap. ›Aspekte der Interpretation‹). Dementsprechend werden Odoardo und Claudia Galotti nicht, wie die anderen Personen des Stücks, mit Standesattributen versehen, sondern als »Eltern der Emilia« bezeichnet. Damit sind jene Termini genannt, die für Lessing nach dem 14. Stück seiner *Hamburgischen Dramaturgie* (1769) konstitutiv für das so genannte »bürgerliche Trauerspiel« sind: Vater, Mutter, Tochter, Sohn. Die Zerstörung der Familie durch despotische Übergriffe aus der moralisch invaliden Welt des Hofes in den ungesicherten Bereich der moralisch denkenden Untertanen wird zum zentralen Thema des Dramas.

Prinz: Von lat. princeps ›der Erste, Vornehmste‹ abgeleitet; als 8.5
Prinzen gelten im Allgemeinen die nachgeborenen Mitglieder regierender Häuser.

Scene: Schauplatz des Theaters; hier ein Kabinett (franz. cabi- 9.2
net), mit der Bedeutung ›kleines Gemach, Nebenzimmer‹, dann ›ein kleiner (Arbeits-)Raum‹ im Schloss des regierenden Fürsten. Nach der Herausbildung des absolutistischen Staates zunehmend Ausdruck für das persönliche Regiment des Fürsten und seiner nächsten Vertrauten.

Räten: Kammerräte, Beamte im Dienste des Herrschers. Ca- 9.17
millo Rota ist bürgerlicher Herkunft und als Beamter im Dienst des Fürsten mit einem speziellen Aufgabenbereich betraut.

Marchese: Ital. Adelstitel, in der Ranghöhe zwischen Baron 9.21
und Graf.

die Kunst geht nach Brot: Redensart, die soziale Situation des 10.18
Künstlers beschreibend; der Künstler muss zum Lebensunterhalt auf Bestellung arbeiten. Diese Sentenz steht bereits in Martin Luthers Vorlesung über 1. Mose 28,20: »Ut dicitur Germanica proverbio: Die kunst geht nach brot«. Conti gehört als freier Künstler dem Bürgertum an, arbeitet offenkundig gern für den Hof, ist aber kein fest angestellter Hofmaler. Gleichwohl ist er darauf bedacht, vor dem Prinzen die Rolle des Künstlers in angemessenem Licht erscheinen zu lassen. Seinem Mäzen gewährt er genaue Einblicke in die Problematik künstlerischen Schaffens,

ohne dass er sicher sein kann, verstanden zu werden. Es ist nicht ganz abwegig, hier eine Anspielung Lessings auf seine eigene (zumeist unbefriedigende) Situation als Bibliothekar der Herzoglichen Bibliothek in Wolfenbüttel zu sehen.

10.24 **nicht vieles; sondern viel**: Lessing bezieht sich hier auf ein Sprichwort des jüngeren Plinius (*Epistulae* [etwa 61–112 n. Chr.] VII 9): »aiunt multum legendum esse, non multae«; auch in der verkürzten Form gebräuchlich: »multum, non multa«.

11.19–20 **Nun bin ich von allem das Gegenteil.**: Gegenüberstellung von ausgelassenem ›höfischen‹ Liebesspiel und dem Ernst einer Liebe, die ohne diese Leichtigkeit ist.

11.25–28 **Ich bitte, Prinz [. . .] den Grenzen derselben.**: Conti repräsentiert eine für das 18. Jh. neue Künstlerfigur, da er – gleichsam paradigmatisch für seine Epoche – von der Aufhebung des Bildes als Übertragung eines optischen Eindrucks durch das Handwerkliche von Farbe, Leinwand etc. und von der technischen Möglichkeit einer direkt fixierbaren und transportierbaren Visualität träumt. Andererseits kommt die Medialität des Bildlichen gleich auf mehreren Ebenen zwischen dem direkten Abbild und dem phantasmatischen Trugbild wieder ins Spiel. Zusätzlich zum erwarteten Porträt der alternden Geliebten des Prinzen bringt der Maler auch ein nicht erwartetes Bild der jugendlichen Emilia mit, das die Ordnung des Begehrens empfindlich stört. Während das erste Bild Anlass zu Zweifeln an der Authentizität der malerischen Reproduktion gibt, die für ein Abbild vielleicht zu schmeichelhaft ausgefallen ist und sich als Trugbild an die Stelle des Originals setzen soll, um den Prinzen »im Bilde« wieder finden zu lassen, was er »in der Person« nicht mehr erblickt, löst das andere Bild dagegen eine unmittelbare Wiedererkennung des Realen aus. Das Kunstgespräch dieses Auftritts schließt unmittelbar an Lessings Differenzierungen von Funktion und Grenzen der bildenden Kunst in seiner Schrift *Laokoon: oder über die Grenzen der Malerei und Poesie* (1766) an. Die dort diskutierten theoretischen Grundfragen über Stilgesetze der Künste und die künstlerische Realisierung der Schönheit als höchstem Gesetz der Kunst (in deutlicher Abgrenzung gegenüber der Darstellung der Hässlichkeit) spielt das Drama gegen eine von kunstfremden Motiven (etwa in der Abwendung des Prinzen von Orsina und der Zuwendung zu Emilia als Modell) beeinflusste Wahrnehmung aus. In Lessings Schrift geht es v. a. um den Vergleich der beiden Künste Malerei und Poesie, die von Laokoons Schmerz an den Rand ihrer Darstellungsmöglichkeiten getrieben werden. Die Dichtkunst ist »eine sichtbare fortschreitende Handlung [. . .], deren verschiedene Teile sich nach und nach, in der Folge der Zeit eräugnen«, dagegen ist die Malerei »eine sichtbare stehende Handlung, deren verschiedene Teile sich nebeneinander im Raume entwickeln« (B 5/2, S. 31). Außerhalb der Grenzen der Malerei, die die Schönheit zeigen kann, liegt für Lessing die Möglichkeit, »Schönheit in Reiz« verwandeln zu können. »Reiz ist Schönheit in Bewegung, und eben darum dem Maler weniger bequem, als dem Dichter. Der Maler kann die Bewegung nur erraten lassen; in der Tat aber sind seine Figuren ohne Bewegung. Folglich wird der *Reiz* bei ihm zur *Grimasse*« (ebd., S. 224).

Vortrefflich [. . .] Ihrem Pinsel.: Vgl. Lessing, *Laokoon*: »Ge- 11.29–12.2
nug, daß durch Wahrheit und Ausdruck das Häßlichste der Natur in ein Schönes der Kunst verwandelt werde« (B 5/2, S. 31).

Auch ist es [. . .] Kunst schmeicheln muß.: Vgl. Lessing, *Lao-* 12.5–6
koon: »Die Malerei als nachahmende Fertigkeit, kann die Häßlichkeit ausdrücken: die Malerei, als schöne Kunst, will sie nicht ausdrücken. Als jener, gehören ihr alle sichtbaren Gegenstände zu: als diese, schließt sie sich nur auf diejenigen sichtbaren Gegenstände ein, welche angenehme Empfindungen erwecken« (B 5/2, S. 169).

die plastische Natur: Idealbild einer der ›Natur‹ entsprechen- 12.7
den Form.

denkende Künstler: Bezug auf die »Vorrede« zu *Laokoon*: »Die 12.11
Schönheit, deren Begriff wir zuerst von körperlichen Gegenständen abziehen, hat allgemeine Regeln, die sich auf mehrere Dinge anwenden lassen; auf Handlungen, auf Gedanken, sowohl als auf Formen« (B 5/2, S. 13).

Grazie: Die drei Grazien (griech. Chariten) sind Töchter des 12.26–27
Göttervaters Zeus und der Eurynome; bei den Römern Sinnbild jugendlicher Anmut.

Grimasse: Von franz. grimace abgeleitet; verzerrende Entstel- 12.30
lung der Gesichtszüge.

12.31–32 **wollüstigen Spötter**: Anspielung auf den genüsslich verzerrten Mund und damit auf die Schlagfertigkeit Orsinas.

13.2–3 **Medusenaugen**: Hervortretende und starr blickende Augen Medusas – in der griech. Mythologie eine der drei Gorgonen (weibliche Ungeheuer) –, die jeden versteinerten, der sie betrachtete.

13.5–9 **Denn sagen Sie [...] sanfte Schwermut verwandelt.**: Zur Bedeutung der Porträtkunst vgl. Lessing, *Laokoon*: »Denn obschon auch das Portrait ein Ideal zuläßt, so muß doch die Ähnlichkeit darüber herrschen; es ist das Ideal eines gewissen Menschen, nicht das Ideal eines Menschen überhaupt« (B 5/2, S.24).

13.8–9 **trübsinniger Schwärmerei**: Lebensfeindliche Verwirrung von ›Kopf‹ und ›Herz‹ (im 18. Jh. ambivalent gebraucht), hier abwertend gemeint.

13.28–29 **eigene Gebieterin**: Gemeint ist Contis Ehefrau oder Geliebte.

13.31 **Emilia Galotti!**: Erste Erwähnung der Hauptperson von Lessings Drama, die trotz z. T. geringerer Redeanteile als andere Personen des Stücks in jeder Szene gegenwärtig zu sein scheint. Im Kunstdiskurs zwischen dem Prinzen und Conti bildet sie für den Künstler das Ideal »der weiblichen Schönheit« (I, 4). Sobald der Prinz allein ist, schwärmt er ohne Vorbehalt von dem Bild Emilias, das auch als Kopie ein »schönes Werk der Kunst« ist, noch mehr aber von der Person als dem »schönre[n] Meisterstück der Natur« (I, 5).

14.5 **Ansprüchen auf Sabionetta**: Anspielung auf den mit dem Namen der Gonzagas verbundenen historischen Kontext: Sabionetta war der Sitz einer Nebenlinie der Grafschaft Guastalla, auf den die Fürsten einen Erbanspruch hatten und der erst in langwierigen Prozessen durchgesetzt werden konnte.

14.6 **Ein alter Degen**: (Mhd.) ›Krieger‹, ›Held‹; hier Selbständigkeit und Kampfbereitschaft bezeichnend. Odoardo wird als eine am Hof und im Fürstentum bekannte Persönlichkeit eingeführt. Er hatte den Rang eines Obersten, ehe er aus dem Dienst schied, weil er es wagte, dem Fürsten zu widersprechen und sich dessen »Ansprüchen auf Sabionetta« zu widersetzen.

14.10–12 **O, sie wissen [...] sein Lob vergißt.**: Lessing nimmt hier einen Gedanken aus seiner *Hamburgischen Dramaturgie* auf, wo dieser als allgemeines Kunstdiktum formuliert ist: »Das wahre

Meisterwerk, dünkt mich, erfüllet uns so ganz mit sich selbst, daß wir des Urhebers darüber vergessen; daß wir es nicht als Produkt eines einzeln Wesens, sondern der allgemeinen Natur betrachten« (B 6, S. 361).

Ha! daß wir [. . .] wäre geboren worden?: Die monströse Vor- 14.16–28
stellung des Malers ohne Hände weist in Richtung der Vorstellung eines künstlerischen Genies, dessen höhere Einsicht sich nicht mehr in der profanen Materialität des Bildes darstellen lässt, ja im Bild als endlichem und erstarrtem Werk verraten wird. Die ästhetische Wahrheit wird nicht mehr in der Malerei gesucht, sondern außerhalb, im metaphysischen Ideal der Schau. Sichtbar wird der Gedanke ästhetischer Inspiration als rein geistiger Schau, deren Realisierung als materielles Werk eher eine Verdunklung der reinen Idee bedeutet.

Raphael: Raffaello Santi (1483–1520), berühmter ital. Maler 14.26
der Renaissance, dessen Madonnenbilder viele Bewunderer fanden; in der Auffassung des 18. Jh.s das größte malerische Genie und oberste Leitbild.

Gallerie: Bildersaal mit den Kunstsammlungen eines Fürsten. 15.32

Studio: Entwurf, Vorstufe; hier wohl: eine nachträglich ange- 15.33
fertigte Kopie.

Dieser Mund!: Treffendes Gegenbild zur Charakteristik Orsi- 16.20
nas in I, 4.

Prinzessin von Massa: Gemeint ist das Herzogtum Massa-Car- 17.17
rara in der Toskana.

Opfer eines elenden Staatsinteresse: Hinweis auf die übliche 17.23
feudale Praxis dynastischer Heiratsverbindungen, die ›Herzensangelegenheiten‹ nicht berücksichtigt hat.

Neben so einer Gemahlin: Hinweis auf den gesellschaftlich an- 17.29
erkannten, quasi-formalisierten Status einer Mätresse neben der Gemahlin eines Fürsten. Orsina ist Opfer der Lust und der Laune des Fürsten. Als Gräfin gehört sie dem Adel an. Sie wird als hochgebildet und selbstbewusst präsentiert und durchschaut, welche Intrigen am Hof inszeniert werden. Gleichzeitig ist sie nicht bereit, sich ohne weiteres abdrängen zu lassen. Nicht zufällig zeigt Orsina, die sich den Fesseln der höfischen Konvention zu entziehen vermag, später auch den Weg zu einer öffentlichen und politischen Lösung des Konflikts: »Morgen will ich es

auf dem Markte ausrufen« (IV, 3), d. h. auf dem Forum einer bürgerlichen Öffentlichkeit, die ansonsten im Drama komplett ausgespart wird.

18.8–9 **lächerlichsten Possen [...] allertraurigsten Miene**: Vorausdeutende Charakterisierung Orsinas als »Wahnwitzige« (vgl. IV, 7), deren inneres Gleichgewicht durch die Gleichzeitigkeit miteinander unvereinbarer Gemütszustände gestört ist.

18.9 **zu den Büchern**: Wichtiger Querverweis auf die Charakteristik Orsinas als »Philosophin«, die sich nicht nur – was für die Frauen der damaligen Zeit nahezu als widernatürlich galt – mit Büchern beschäftigt hat, sondern durch ihren »Witz«, ihr Denkvermögen, schließlich auch die von fürstlicher Seite gesponnene Intrige durchschaut.

18.12 **armen Verstande**: Hinweis auf die Zerrüttung des Verstandes der Gräfin durch äußere Umstände.

18.31 **Larve**: Von lat. larva ›Maske‹; hier: äußere Schönheit, die von Marinelli als bewusst eingesetzte Strategie abgewertet wird.

19.10–11 **Tälern von Piemont**: Fruchtbares Gebiet der ital. Westalpen; dient hier als Hinweis auf Appianis Wunsch, dem Einfluss der höfischen Welt zu entfliehen und auf dem Land in Ruhe und Zufriedenheit zu leben. Dem höfischen Zwang wurde das stoisch-humanistische Ideal der *vita beata* abseits der Welt der politischen Herrschaftszentren als arkadisch-utopischer Traum entgegengehalten. Dieses gesellschaftliche Alternativbild, das Lessing der 1539 erschienenen und 1751 ins Deutsche übersetzten Schrift Antonio de Guevaras *Das vergnügte Land und beschwerliche Hofleben* entlehnt haben dürfte, durchzieht nicht nur das gesamte Trauerspiel, sondern auch andere Schriften Lessings. Dieser ›Rousseauismus‹ – eine weitere Quelle der radikalen Hofkritik Lessings ist zweifelsohne Rousseaus *Discours* (1750), den er im April 1751 ausführlich besprochen hatte – impliziert jedoch bei seiner Vorliebe für traditionelle patriarchalische Strukturen und alte ländliche Sittlichkeit eine soziale Konzeption, die durch die gesellschaftliche Entwicklung des 18. Jh.s längst obsolet geworden ist. Als sozial-utopisches Modell lebte er allerdings in den Texten vieler Autoren der Aufklärung weiter und zwar umso stärker, je bedrückender sie die eigenen ökonomischen Bedingungen empfanden.

Mißbündnis: Heirat zwischen Angehörigen unterschiedlicher 19.13
Stände; hier bezogen auf die Ehe zwischen dem Grafen Appiani und Emilia, der Tochter eines Obersten. Appiani, von Prinz Hettore Gonzaga geschätzt, gehört dem Hochadel an und wird dem Hof von Guastalla zugerechnet, ohne dass er ein genauer umschriebenes Amt bekleidet. In der Familie Galotti ist der Graf sehr willkommen. Mehr noch als die Tugendhaftigkeit wird an ihm der Entschluss geschätzt, dem Hof- und Stadtleben den Rücken zu kehren und sich mit Emilia aufs Land zurückzuziehen. Mit dem Ideal des ländlichen Lebens verbindet sich für Appiani und Odoardo die Vorstellung einer tugendhaften Familiarität, wie sie im Umkreis des Hofes nicht realisierbar scheint. Für beide scheint nur eine Familie, die abgeschirmt vom unmoralischen Bereich der höfischen Gesellschaft existiert, die Möglichkeit eines autonomen moralischen Lebens zu bieten. Während jedoch die Familienvorstellung Odoardos noch eindeutig patriarchalisch geprägt ist, trägt diese bei Appiani auch schon empfindsame Züge. Die gegenseitigen Liebesbezeugungen der Brautleute fallen hingegen recht sparsam aus. Appiani ist es wichtig, in Emilia »eine fromme Frau« zu haben; für ihren »Putz« hat er keinen Blick.

Ceremoniel: (Franz.) festgelegte gesellschaftliche Umgangs- 19.17
und Verhaltensform, die hier – vom Prinzen abgewertet – mit einer natürlichen Geselligkeit kontrastiert wird.

Guastalla: Ort in Norditalien. 20.5

O ein Fürst [...] keinen Freund haben!: Vorbereitung der 20.33–34
Schlussreplik des Dramas; Übernahme aus Voltaires *Henriade* (1723) 1,177, fußend auf Machiavellis *Il Principe* (1532), Kap. 17.

Raub der Wellen: Diese Seemetapher weist auf das leidenschaft- 21.31
liche Umhergetriebensein des Prinzen und die daraus sich ergebende schicksalhafte Gefährdung aller Personen des Dramas hin.

Lustschlosse: Vom 17. bis 19. Jh. zur ›Lustbarkeit‹ (Erholung 22.27
und Geselligkeit) angelegtes Schloss, das im Gegensatz zum Stadt- oder Regierungsschloss auf dem Land liegt.

Dosalo: Dosolo, ital. Ort, am Po gelegen. 22.27

bei den Dominikanern: In der Klosterkirche der Dominikaner, 23.17
1216 vom hl. Dominikus (1170–1221) in Toulouse gestiftet.

25.22–23 **ich komme [...] wieder zurück**: Caesars berühmtem Diktum »veni, vidi, vici« aus *De bello Gallico* (52/51 v. Chr.) nachgebildet, allerdings mit dem wesentlichen Unterschied, dass Odoardo nicht bleibt und siegt, sondern seine Familie wieder verlässt und ihrem Schicksal ausliefert.

27.11 **Pistolen**: Span. Goldmünzen mit hohem Anteil an Edelmetall, von Philipp II. eingeführt und über die Landesgrenzen hinweg verwendbar; eine Pistole entsprach dem Gegenwert von fünf Talern.

28.11–12 **Equipage**: (Franz.) herrschaftliche Kutsche, dann auch Ausrüstung eines Offiziers.

29.18 **Zerstreuung der Welt**: Topos der Hofkritik im 18. Jh. (vgl. Kiesel 1979).

29.25 **strengen Tugend**: Lessing problematisiert hier eine Tugend, die in ihrer ›Halsstarrigkeit‹ und Unnachgiebigkeit zu einem Dogma geworden ist, das unweigerlich in Konflikt mit der politischen und gesellschaftlichen Wirklichkeit der fürstlichen Herrschaft gerät. Das grundsätzliche Misstrauen gegen den Hof und die rigorose Ausrichtung auf die Tugendliebe haben Odoardos Menschenkenntnisse entscheidend geschwächt, was den weiteren Verlauf der Handlung negativ beeinflussen wird.

30.5 **Ehre**: Zentralbegriff aristokratischer und soldatischer Lebensauffassung, der dem Wunsch Appianis nach einem Rückzug aus der gesellschaftlichen Sphäre der Fürstenhöfe aufs Land gegenübersteht.

30.35 **Ort**: Lessing rekurriert hier auf die moralische Integrität, die als höchster Maßstab über Leben und Tod gesetzt wird und in ihrer rigiden Absolutheit als Handlungsnorm höfischen Normen zuwiderläuft.

31.11–14 **Welch ein Mann! [...] sie zu kennen?**: Hinweis auf Claudias Problematisierung der Tugendvorstellungen Odoardos, die sich wie ein roter Faden durch das gesamte Drama ziehen. Während ihr Mann übertrieben misstrauisch ist, scheint Claudia zu vertrauensselig zu sein, hat in jedem Fall eine andere Vorstellung von den Menschen ihrer Umgebung und eine andere Einstellung zu den Tugendbegriffen. Auch wenn sie das aufdringliche Verhalten des Prinzen gegenüber Emilia als einen Frevel wertet, kann sie bei dieser Angelegenheit jedoch nichts Strafbares bei sich oder ihrer Tochter erblicken. Diese Annahme nimmt ihre spätere Wertung vorweg, wenn sie auch angesichts der Ermordung Appianis und der Entführung Emilias bemerkt: »Aber wir sind unschuldig. Unschuldig, in allem unschuldig« (IV, 8). Dennoch ist Claudia die Erste, die das »Bubenstück« (III, 8), das man ihnen gespielt hat, wenn auch zu spät, durchschaut.

Laster: Allgemein gelten Laster als Anlagen und Handlungen, 32.2
die der Tugend entgegenstehen; im engeren Sinn sind Laster die zur Leidenschaft ausgearteten negativen Triebe eines Menschen, die von zerstörender Wirkung sind. Um die Tat des Prinzen in den Augen Emilias als ›Laster‹ zu verstehen, muss man sich vergegenwärtigen, dass zur Zeit des Absolutismus Übergriffe der Fürsten auf die Unschuld bürgerlicher Töchter als ein Indiz dafür angesehen wurden, dass die Bürger der fürstlichen Willkür schutzlos ausgeliefert waren. Für das moralische Bürgertum galt es als unverzeihliche Schande, sich auf die Verlockungen eines Adligen einzulassen. Emilias im 1. Aufzug gepriesene Schönheit erweist sich hier als ›Gefahr‹. Es wird deutlich, dass Emilia grundlegend von den moralischen Vorstellungen des Bürgertums und von den Lehren ihrer Religion geprägt ist. Sie ist zu Treue, Rechtschaffenheit und Gehorsam erzogen. Unabhängig vom sozialen Stand wird jeder Frau ›Ehre‹ (vgl. Erl. zu 30.5) zugesprochen, die sie zu bewahren hat, die vom Urteil der Gesellschaft abhängig ist und die deshalb auch öffentlich verteidigt werden muss. Damit greift Lessing ein Thema auf, das sich – zusammen mit der Familienproblematik – infolge der sozialen Mobilisierung während des 18. Jh.s als gravierendes Problem ergab und in literarischen Bearbeitungen äußerst wirksam war.

Aber daß fremdes [. . .] machen kann!: Wegweisende Selbstein- 32.16–17
schätzung Emilias, die die Frage nach Schuld und Unschuld aufwirft und sie zugleich miteinander verknüpft sieht, was unweigerlich zu einer tragischen Situation führen muss.

etwas: Hinweis auf die Gefahr einer anonymen, unpersönlichen 32.23
Macht, die auf Emilia einwirkt.

Meinen guten [. . .] zu schlagen: Anspielung auf Matth. 5, 29. 33.3–4

In seinem Zorne [. . .] dem Verbrecher verwechselt.: Hinweis 33.26–28
auf die Wirklichkeitsverkennung der ›rauen Tugend‹ Odoardos und Vorausdeutung auf die Katastrophe.

34.19 **Die Furcht hat ihren besondern Sinn**: Zunächst war diese Sentenz als Teil der Figurenrede Emilias vorgesehen, wie aus einem Brief Lessings an seinen Bruder Karl vom 10.2.1772 hervorgeht (vgl. B 11/2, S. 351–353).

34.30 **Ihm muß ich es sagen.**: Hinweis auf die Aufrichtigkeit und Tugendhaftigkeit Emilias; durch ihr Verschweigen trägt sie jedoch eine Mitschuld am weiteren Verlauf des Geschehens.

35.26 **galant**: Ableitung von dem span. Wort galan ›vornehm auftretender Liebhaber‹; hier in der Bedeutung: höflich, ritterlich, aufmerksam, rücksichtsvoll.

35.31 **Alles ist [...] als Nichts.**: Veranschaulichung der Ambivalenz der am Hof gebräuchlichen galanten Sprache.

37.3 **eine fromme Frau**: Vgl. hierzu den Briefwechsel zwischen Lessing und seinem Bruder Karl, der im Kap. ›Entstehung‹ nachgezeichnet ist (vgl. v.a. den Brief Karls an Lessing vom 3.2.1772 [B 11/2, S. 344] und dessen Replik vom 10.2.1772 [B 11/2, S. 352]).

37.16 **Geschmeide**: Kostbarer Schmuck (aus Edelmetall oder -steinen).

37.24 **Perlen bedeuten Tränen**: Vgl. Lessings Darlegungen in seinem Brief an den Bruder Karl vom 10.2.1772 (B 11/2, S. 352).

37.29 ***schwermütig***: Graf Appiani wird hier mit dem für das 18. Jh. sehr gängigen Charaktermerkmal des Melancholikers gezeichnet, der an einem unlösbaren inneren Zwiespalt zwischen dem, was er als Norm und Pflicht anerkennt, und dem, was sein Herz ihm sagt, leidet (vgl. Schings 1977).

38.6–7 **ein Kleid [...] fliegend und frei**: Kleid, das nicht im Stil der höfischen Mode des 18. Jh.s, sondern in natürlicher Freiheit und Ungezwungenheit gearbeitet war.

40.4 **Durchlaucht**: Partizipialform zu mhd. durchliuhten, also: ›Durchleuchteter, Berühmter‹; Zusatztitel zu ›Fürst‹.

42.2 **ein Freiwilliger**: Hinweis darauf, dass Appiani nicht Untertan des Prinzen ist, da seine Güter außerhalb von dessen Herrschaftsbereich liegen, sondern sich freiwillig dem Dienst am Hof verpflichtet hat.

42.33–34 **ich fodere Genugtuung**: Aufforderung zum Duell, das der Wiederherstellung der durch die Beleidigung gekränkten Ehre dienen soll. Nach mittelalterlicher Vorstellung konnte dies nur durch einen Zweikampf mit Waffen geschehen. Der Beleidigte hatte das Recht, aber auch die Pflicht, den Beleidiger zum Kampf herauszufordern, um so »Genugtuung« zu erhalten.

Spaziergange: Verharmlosende Umschreibung für das geplante 43.6–7
Duell, das mitunter außerhalb der Stadt ausgetragen wurde, aber auch für die Überheblichkeit Appianis, der seinen Kontrahenten leicht zu besiegen glaubt.

Es ist eher [. . .] ähnlich gesehen.: Anspielung auf die Virginia- 46.3–5
Fabel (vgl. Kap. ›Enstehung‹).

Tiergartens: Häufig in der Nähe von Landschlössern für die 46.28–29
fürstliche Jagd angelegtes Tiergehege.

Kammerherr: Adliger im Hofdienst. 48.2

das Bad mit bezahlen müssen: Verknüpfung von ›ausbaden‹ 48.13–14
und ›Rechnung bezahlen‹.

Kundschaft: Gunst; hier eher zynisch im geschäftlichen Sinne 48.29
gebraucht.

Emilien: Dativ-Form; im 18. Jh. wurden die Eigennamen nach 50.16
der ›schwachen‹ Deklination gebildet.

glückliches Unglück: Oxymoron; zwei einander widerspre- 51.6–7
chende Begriffe werden miteinander verknüpft.

Zufall!: Zentraler Begriff des Trauerspiels, der in dessen wei- 52.11
terem Verlauf einerseits der ›geplanten Aktion‹ (Intrige) und andererseits der ›Notwendigkeit‹ (im Sinne eines deterministischen Ablaufs des Handlungsgeschehens) gegenübergestellt wird.

Ahnungen: Dieses Motiv hat Lessing Montianos *Virginia* ent- 52.30
lehnt, wo – in Lessings Wiedergabe – über Icilius, den Bräutigam Virginias, gesagt wird: »Es wird sein Herz [. . .] von einer heimlichen Ahnung beunruhigt, als ob ihm an diesem Tage ein besonderes Unglück bevorstehe« (B 3, S. 1091 f.).

Alles, was in [. . .] um sie versammelt: Hinweis auf die in Livius' 54.16–17
Virginia-Fabel wichtige Dimension der Öffentlichkeit, die Lessing in seinem Trauerspiel allerdings ausspart. Mit dem Aufstieg heterogener Bürgerschichten erfährt der Öffentlichkeitsbegriff im Zeitalter der Aufklärung eine tief greifende Bedeutungsveränderung. Die ›öffentliche Person‹ des Hofmanns wurde durch die ›private Person‹ des aufsteigenden Bürgers ergänzt und z. T. schon ersetzt. Somit wurde die ehemals scharfe Trennungslinie zwischen öffentlicher und privater Sphäre verwischt.

57.27 **Galle**: In der Medizin des 18. Jh.s das Organ, dessen Funktionen als Ursache für Gemütszustände wie Melancholie und Zorn gedeutet wurden.

63.32 ***Kabinett***: Vgl. Erl. zu **9.2**; hier: Nebenzimmer, in dem gewöhnlich Sammlungen von Antiken oder Münzen ausgestellt waren.

64.21 **eines Briefes von Ihnen erwähnte**: Bis ins 19. Jh. hinein war es möglich, ›erwähnen‹ mit dem Genitiv zu verwenden.

66.10 **Weibe**: Wiederholter Hinweis auf die Ausnahmestellung Orsinas, deren Überlegungen zum Begriff ›Gleichgültigkeit‹ dem philosophischen Diskurs des 18. Jh.s entlehnt sind. Dass Lessing eine Frau diese Worte aussprechen lässt, ist für das 18. Jh. äußerst ungewöhnlich; fast provokant wirkt die intellektuelle Überlegenheit der ›Philosophin‹ Orsina gegenüber der tugendhaften Emilia.

66.11–15 **Gleichgültig ist die [. . .] gar nicht gleichgültig.**: Aufnahme zentraler Ansichten der zeitgenössischen Affektenlehre, die in der »Gleichgültigkeit« (lat. levitas, aequitas animi) die unterste Stufe des Empfindungsvermögens sieht. Vgl. auch Minnas ähnliche Überlegungen in Lessings gleichnamigem Drama *Minna von Barnhelm*: »Wenn ich Ihr Herz verloren habe, was liegt daran, ob mich Gleichgültigkeit oder mächtigere Reize darum gebracht? – Sie lieben mich nicht mehr: und lieben auch keine andere? – Unglücklicher Mann, wenn Sie gar nichts lieben!« (B 6, S. 43 f.)

66.27–28 **Ein Frauenzimmer [. . .] der sich schminket.**: Provozierende Bemerkung Orsinas über die zeitgenössische Rollenverteilung der Frau in einer patriarchalisch dominierten Gesellschaft. Vgl. hierzu die Selbsteinschätzung Lessings in einem Brief an den Bruder Karl vom 10.2.1772: »Was Du von dem Charakter der Orsina sagen wirst, verlangt mich am meisten zu hören. Wenn er einer guten Schauspielerin in die Hände fällt, so muß er Wirkung tun« (B 11/2, S. 353). Dieser antwortet am 15.2.1772: »Der Charakter der Orsina, wie mir der gefällt? Nun, außerordentlich; aber ob nicht der und jener Kritiker bei dieser Gelegenheit Dinge aufwärmen wird, die Du längst vergessen hast, dafür will ich nicht stehen« (ebd., S. 354 f.).

66.32 **Zufall!**: Erneute Aufnahme des Kernbegriffs des Stücks (vgl. Erl. zu **52.11**). Die ›Philosophin‹ Orsina verwendet den Terminus ›Zufall‹ in einer Weise, die an Lessings kritische Auseinandersetzung mit dem niederl. Philosophen Baruch de Spinoza (1632–1677) erinnert. Nach Spinoza ist Gott die einzige, unteilbare, unendliche Substanz mit unendlich vielen Attributen, von denen nur Denken und Ausdehnung erkennbar sind. Gott und die Natur sind ein und dasselbe (Pantheismus), alle endlichen Erscheinungen (Dinge und Ideen) sind Daseinsweisen der einen Substanz, da alles, was ist, aus ihr notwendig folgt. Diesen spinozistischen Determinismus der »von Sinnen« seienden (IV, 6), »wahnwitzigen« (IV, 7) Orsina, die die »Notwendigkeit« der Zusammenhänge durchschaut und demaskiert, in den Mund zu legen, ist ein Hinweis auf Lessings Verständnis des dramatischen Motivationsgefüges und seine intensive Auseinandersetzung mit Spinoza in den 1770er-Jahren.

sich um den Hals reden: Durch Reden Gefahr laufen, mit dem 71.24
Tode bestraft zu werden.

auf dem Markte: Erneute Anspielung auf die hier fehlende Öf- 71.26
fentlichkeitsdimension des Dramas.

Daß doch immer [...] betreiben zu dürfen!: Darstellung der 73.4–6
höfischen Welt als einer nur äußeren Normen verpflichteten Scheinwelt, in der alle ›natürlichen‹ menschlichen Regungen unterdrückt werden.

Wahnwitzige: In ihrem ›Witz‹ (d. h. im Verständnis des 18. Jh.s 74.11–12
›Verstand‹) Gestörte, Wahnsinnige.

wer über gewisse [...] keinen zu verlieren: Ein Sprichwort, das 74.16–17
spätestens seit Baltasar Graciáns *Oraculo manual* (1647) bekannt ist. In der Übersetzung Schopenhauers: »Viele verlieren den Verstand deshalb nicht, weil sie keinen haben.« (Mit einem Nachwort hg. v. Arthur Hübscher, Stuttgart 1964, S. 35.)

daß Sie von [...] der Wahnwitzigen sind: Hinweis auf den see- 74.27–29
lischen und geistigen Zustands Orsinas, die – ähnlich wie die Enthusiasten und Schwärmer – die Fähigkeit besitzt, trotz oder gerade wegen ihres Mangels an innerem Gleichgewicht die Zukunft prognostizieren zu können.

Inbrunst: Im 18. Jh. noch überwiegend auf emotionale Befind- 75.19
lichkeit bezogen: Glut, Innigkeit, Verlangen (mit leicht erotischer Konnotation).

Bacchantinnen: Ausgelassene Begleiterinnen des antiken Wein- 76.30
und Fruchtbarkeitsgottes Bacchus (griech. Dionysos).

76.30–31 **Furien**: Antike Rachegöttinnen.

79.6 **Arkade**: Von lat. arcus ›Bogen‹; Bogengang auf Säulen; hier: der überdachte Vorbau am Schloss.

80.6–7 **Neidhart**: Im 18. Jh. noch in der Bedeutung von ›streitbarer Kämpfer‹.

80.14 ***drohend*: Nur, Marinelli!**: Warnung an Marinelli, die Wahl seiner Mittel besser zu überdenken.

80.23 **gekränkte Tugend**: Anspielung auf Odoardos rigiden Tugend-Begriff; bereits die Annäherung des Prinzen an seine Tochter hält er für eine Kränkung.

80.26–27 **Deine Sache wird [. . .] zu seiner machen!**: Anspielung auf Röm. 12,19: »Die Rache ist mein, ich will vergelten, spricht der Herr.« Hier und an weiteren Stellen im Verlauf des Dramas weicht Lessing von seiner antiken Vorlage bei Livius ab, indem er die Überlegungen Odoardos und Emilias über die Möglichkeiten des Handelns in einen religiösen Kontext stellt und sich somit – innerhalb des poetischen Rahmens des Trauerspiels – an dem im 18. Jh. v. a. von christlichen Wertmaßstäben bestimmten Diskurs über die ethische und juristische Legitimität von Tyrannenmord und Selbstmord beteiligt.

81.3–4 **Hohngelächter der Hölle**: Vgl. Klopstocks *Messias*, 13. Gesang, 473 f.

82.19–21 **Wer will das? [. . .] schon nicht dürfte!**: Hier und im Folgenden (v. a. in V, 7) durchleuchtet Lessing das Problem mit Hilfe von passenden Modalverben, durch die alle Möglichkeiten des Handelns geprüft werden.

82.23–24 **wer kein Gesetz hat**: Anspielung auf den Prinzen, der als Herrscher über dem Gesetz steht.

85.4 **Nebenbuhler**: Rivale; Mann, der sich neben einem anderen Mann um die Zuneigung einer Frau bemüht (›buhlt‹); Anspielung auf den Prinzen.

85.18 **gegründetste Vorurteil**: *Contradictio in adjecto*, begründetste vorgefasste Meinung.

87.15 **Sibylle**: In der griech. und röm. Antike eine der Priesterinnen, die im Zustand der Ekstase in Orakelsprüchen Hinweise auf die Zukunft gaben und Gefahren voraussahen. Lessing bezieht diese Eigenschaften erneut auf Orsina und unterstreicht damit noch einmal ihre ›seherischen‹ Fähigkeiten.

Wer lacht da?: Verzweifeltes Lachen Odoardos über eine Welt, 88.17
in der alle Ordnung aufgehoben scheint und die Mächtigen ihre Intrigenspiele ungestraft entfalten können.

Possenspiel: ›Posse‹ ist ein frühnhdt. Wort für ›Scherz‹ und be- 88.21
zeichnet eine besondere Art der Komödie. Die alten Fastnachtsspiele galten demnach als ›Possenspiele‹.

Aber nicht über [. . .] Wochen besänftigen konnten!: In der For- 90.33–91.8
schung immer wieder verwendeter Beleg einerseits für die Verführbarkeit Emilias, andererseits aber auch für die uneingestandene und von Emilia nicht gewollte Anziehung, die der Prinz auf sie ausübt. Zu der unterschiedlichen zeitgenössischen Beurteilung dieser Stelle vgl. Kap. ›Dokumente zur zeitgenössischen Wirkung‹.

Nichts Schlimmers [. . .] sind Heilige!: Verweis auf die christli- 91.9–10
chen Märtyrer-Jungfrauen, die aus religiösen Motiven in den Tod gingen. Hier als Argumentationsstütze Emilias für den erwogenen Selbstmord verwendet, gleichzeitig aber auch Anspielung auf den Kirchenvater Augustinus, der nachdrücklich gegen den Suizid eintritt: »Doch haben sich, sagt man, einige heilige Frauen in Verfolgungszeiten, um ihre Unschuld vor Angriffen zu retten, in die reißende Strömung der Flüsse geworfen und so ihren Tod gefunden, und doch wird ihr Märtyrertum in der katholischen Kirche verehrungsvoll gefeiert. Über sie möchte ich kein unbesonnenes Urteil abgeben« (Augustinus, *Vom Gottesstaat*. Aus dem Lat. übertr. v. Wilhelm Thimme, eingel. u. hg. v. Carl Andresen. München 1977, I,26, 45 f.). Emilia zitiert diesen Satz des Augustinus sinnentstellend. Dieser begründet im *Gottesstaat* das Selbstmordverbot auch im Falle der Vergewaltigung. Er entdeckt im Selbstmord der Frau (sein Beispiel ist Lukretia) das Eingeständnis der ›Mitschuld‹, d. h. der schamerregenden Lustempfindung. Der Selbstmord sei kein Ausweg, sondern vergrößere die Schuld, die nur im Leben abgebüßt werden könne. Zugleich ist diese Psychologie, die Emilia in den Tod treibt, die Psychologie der Erbsünde, die den Menschen in jeder seiner sinnlichen Regungen der sündhaften Begehrlichkeit ausgesetzt sieht. Emilias »Schwachheit« ist das Resultat ihrer religiösen Erziehung. Während die »heiligen Jungfrauen« mit ihrem Tod ihre Unverführbarkeit demonstrieren, begeht Emilia, legt man die Deutung des Augustinus zugrunde, eine Todsünde.

91.30–34 **Ehedem wohl gab [. . .] es keinen mehr!**: Anspielung auf die Virginia-Fabel. Bei Livius ergreift Virginius das Messer eines Schlachters, der sein Geschäft in unmittelbarer Nähe der Handlung hat. Dass Odoardo als Vater seine Tochter töten muss, um sie vor der Schande und den »Lasterhaften« zu bewahren, macht seine Tragik aus. Als »unglücklicher Vater« beschließt er die Tragödie. Als unerreichbar hat sich die Vorstellung erwiesen, dass seine Tochter Emilia als Ehefrau des Grafen Appiani fern vom Hofleben auf dem Land ihr Glück finden könne. Um den Preis des irdischen Lebens hat er Emilia – entsprechend seiner und seiner Tochter Überzeugung – die Tugend bewahrt. Die Tötung Emilias hält Odoardo für eine unglückselige, gleichwohl aber notwendige Tat. Er liefert sich »selbst ins Gefängnis« und entfernt sich damit endgültig aus dieser Welt. Dagegen wird er »vor dem Richter unser aller« selbstbewusst auftreten, da er fest davon überzeugt ist, sich angesichts des Letzten Gerichts nichts vorwerfen lassen zu müssen.

92.3–4 **Eine Rose [. . .] entblättert.**: Die ›zerpflückte‹ und ›entblätterte‹ Rose steht hier symbolisch für den Verlust der Unschuld Emilias. Lessing greift hier auf die – im 18. Jh. allerdings bereits als problematisch angesehene – emblematische Tradition zurück, nach der die Rose als Sinnbild für Schönheit und deren Vergänglichkeit steht, eng verbunden mit erotischen Konnotationen. In den letzten Worten Emilias wird sie mit dem Symbol des Sturms verknüpft, das allgemein auch für Schicksal stehen kann (vgl. Henkel, Arthur/Schöne, Albrecht: *Emblemata. Handbuch zur Sinnbildkunst des XVI. und XVII. Jahrhunderts.* Stuttgart 1978, Sp. 290–302; 97, 233, 252). Das Rosen-Emblem, das der moralischen Entscheidung den Anschein einer naturgesetzlichen Notwendigkeit verleiht, kann den Tod Emilias jedoch nicht erklären. Das Ende des Dialogs mit Emilias doppeltem Verweis auf das Vorbild der christlichen Märtyrer einerseits und der Virginia andererseits ließe eine politisch-revolutionäre Lösung des Konflikts, d. h. eine Weiterführung des Geschehens bis zum Aufstand gegen den Prinzen, durchaus zu, indessen entschärft die religiös-moralische Implikation des Märtyrer-Intertexts die politische Ausrichtung der Virginia-Fabel. Nur der märtyrerhafte Tod der ›unschuldigen‹ Emilia wird gestaltet, nicht aber die im

Virginia-Motiv angelegte Tyrannenbeseitigung. Diese Leerstelle gegenüber der Vorlage wird durch die Auffassung der Tragödie als Theodizee und die Vorstellung einer ewigen Gerechtigkeit durch Odoardos Anrufung des göttlichen Richters am Ende des Stücks scheinbar zu kompensieren versucht. Die dennoch bestehenden Aporien des *Emilia*-Schlusses vor dem Hintergrund von Lessings geschichtsphilosophischem Denken, wie es sich dann in der *Erziehung des Menschengeschlechts* entfalten wird, und die Frage nach seinem Sinn gehören zu den meist diskutierten Problemen der Lessing-Forschung.

erwarte ich [. . .] unser aller: Erneute Einbettung der Überlegungen Odoardos über die Möglichkeiten des Handelns in einem religiösen Kontext (vgl. 5. Aufzug, 2. Auftritt). 92.33

Suhrkamp BasisBibliothek
Text und Kommentar in einem Band
Eine Auswahl

Ingeborg Bachmann. Malina. Kommentar: Monika Albrecht und Dirk Göttsche. SBB 56. 389 Seiten

Jurek Becker. Jakob der Lügner. Kommentar: Thomas Kraft. SBB 15. 351 Seiten

Thomas Bernhard
- Amras. Kommentar: Bernhard Judex. SBB 70. 144 Seiten
- Erzählungen. Kommentar: Hans Höller. SBB 23. 171 Seiten

Bertolt Brecht
- Der Aufstieg des Arturo Ui. Kommentar: Annabelle Köhler. SBB 55. 182 Seiten
- Die Dreigroschenoper. Kommentar: Joachim Lucchesi. SBB 48. 170 Seiten
- Der gute Mensch von Sezuan. Kommentar: Wolfgang Jeske. SBB 25. 214 Seiten
- Der kaukasische Kreidekreis. Kommentar: Ana Kugli. SBB 42. 189 Seiten
- Leben des Galilei. Kommentar: Dieter Wöhrle. SBB 1. 191 Seiten
- Mutter Courage und ihre Kinder. Kommentar: Wolfgang Jeske. SBB 11. 185 Seiten

Georg Büchner. Danton's Tod. Kommentar: Joachim Hagner. SBB 89. 200 Seiten

Annette von Droste-Hülshoff. Die Judenbuche. Kommentar: Christian Begemann. SBB 14. 136 Seiten

Joseph von Eichendorff. Aus dem Leben eines Taugenichts. Kommentar: Peter Höfle. SBB 82. 180 Seiten

NF 279a/1/9.10

Theodor Fontane
- Effi Briest. Kommentar: Dieter Wöhrle. SBB 47. 414 Seiten
- Irrungen, Wirrungen. Kommentar: Helmut Nobis. SBB 81. 258 Seiten

Max Frisch
- Andorra. Kommentar: Peter Michalzik. SBB 8. 166 Seiten
- Biedermann und die Brandstifter. Kommentar: Heribert Kuhn. SBB 24. 142 Seiten
- Homo faber. Kommentar: Walter Schmitz. SBB 3. 301 Seiten

Johann Wolfgang Goethe
- Götz von Berlichingen. Kommentar: Wilhelm Große. SBB 27. 243 Seiten
- Die Leiden des jungen Werthers. Kommentar: Wilhelm Große. SBB 5. 222 Seiten
- Wilhelm Meisters Lehrjahre. Kommentar: Joachim Hagner. SBB 85. 700 Seiten

Peter Handke. Wunschloses Unglück. Kommentar: Hans Höller. SBB 38. 131 Seiten

Christoph Hein. Der fremde Freund. Drachenblut. Kommentar: Michael Masanetz. SBB 69. 236 Seiten

Hermann Hesse
- Demian. Kommentar: Heribert Kuhn. SBB 16. 233 Seiten
- Narziß und Goldmund. Kommentar: Heribert Kuhn. SBB 40. 407 Seiten
- Siddhartha. Kommentar: Heribert Kuhn. SBB 2. 192 Seiten
- Der Steppenwolf. Kommentar: Heribert Kuhn. SBB 12. 306 Seiten
- Unterm Rad. Kommentar: Heribert Kuhn. SBB 34. 275 Seiten

E. T. A. Hoffmann
- Das Fräulein von Scuderi. Kommentar: Barbara von Korff-Schmising. SBB 22. 149 Seiten
- Der Sandmann. Kommentar: Peter Braun. SBB 45. 100 Seiten

NF 279a/2/9.10

Ödön von Horváth
- Geschichten aus dem Wiener Wald. Kommentar: Dieter Wöhrle. SBB 26. 168 Seiten
- Glaube Liebe Hoffnung. Kommentar: Dieter Wöhrle. SBB 84. 152 Seiten
- Italienische Nacht. Kommentar: Dieter Wöhrle. SBB 43. 162 Seiten
- Jugend ohne Gott. Kommentar: Elisabeth Tworek. SBB 7. 195 Seiten
- Kasimir und Karoline. Kommentar: Dieter Wöhrle. SBB 28. 147 Seiten

Franz Kafka
- Der Prozeß. Kommentar: Heribert Kuhn. SBB 18. 352 Seiten
- Das Urteil und andere Erzählungen. Kommentar: Peter Höfle. SBB 36. 188 Seiten
- Die Verwandlung. Kommentar: Heribert Kuhn. SBB 13. 134 Seiten

Gottfried Keller. Kleider machen Leute. Kommentar: Peter Villwock. SBB 68. 192 Seiten

Heinar Kipphardt. In der Sache J. Robert Oppenheimer. Kommentar: Ana Kugli. SBB 58. 220 Seiten

Heinrich von Kleist. Der zerbrochne Krug. Kommentar: Axel Schmitt. SBB 66. 186 Seiten

Wolfgang Koeppen. Das Treibhaus. Kommentar: Arne Grafe. SBB 76. 290 Seiten

Gotthold Ephraim Lessing
- Emilia Galotti. Kommentar: Axel Schmitt. SBB 44. 171 Seiten
- Nathan der Weise. Kommentar: Wilhelm Große. SBB 41. 238 Seiten

Ulrich Plenzdorf. Die neuen Leiden des jungen W. Kommentar: Jürgen Krätzer. SBB 39. 157 Seiten

Patrick Roth. Riverside. Kommentar: Grete Lübbe-Grothes. SBB 62. 148 Seiten

NF 279a/3/9.10

Friedrich Schiller
- Kabale und Liebe. Kommentar: Wilhelm Große. SBB 10. 175 Seiten
- Maria Stuart. Kommentar: Wilhelm Große. SBB 53. 220 Seiten
- Die Räuber. Kommentar: Wilhelm Große. SBB 67. 272 Seiten
- Wilhelm Tell. Kommentar: Wilhelm Große. SBB 30. 196 Seiten

Arno Schmidt. Schwarze Spiegel. Kommentar: Oliver Jahn. SBB 71. 150 Seiten

Arthur Schnitzler. Lieutenant Gustl. Kommentar: Ursula Renner-Henke. SBB 33. 162 Seiten

Theodor Storm. Der Schimmelreiter. Kommentar: Heribert Kuhn. SBB 9. 199 Seiten

Hans-Ulrich Treichel. Der Verlorene. Kommentar: Jürgen Krätzer. SBB 60. 176 Seiten

Martin Walser. Ein fliehendes Pferd. Kommentar: Helmuth Kiesel. SBB 35. 164 Seiten

Frank Wedekind. Frühlings Erwachen. Kommentar: Hansgeorg Schmidt-Bergmann. SBB 21. 148 Seiten

Peter Weiss
- Abschied von den Eltern. Kommentar: Axel Schmolke. SBB 77. 192 Seiten
- Die Ermittlung. Kommentar: Marita Meyer. SBB 65. 304 Seiten.
- Die Verfolgung und Ermordung Jean Paul Marats. Kommentar: Arnd Beise. SBB 49. 180 Seiten

Christa Wolf
- Der geteilte Himmel. Kommentar: Sonja Hilzinger. SBB 87. 320 Seiten
- Kein Ort. Nirgends. Kommentar: Sonja Hilzinger. SBB 75. 158 Seiten

NF 279a/4/9.10